吴晓铃论金瓶梅

吴晓铃 著
王汝梅 吴华 编

齊鲁書社
·济南·

图书在版编目（CIP）数据

吴晓铃论《金瓶梅》/ 吴晓铃著；王汝梅，吴华编. -- 济南：齐鲁书社，2022.8
ISBN 978-7-5333-4556-3

Ⅰ.①吴… Ⅱ.①吴… ②王… ③吴… Ⅲ.①《金瓶梅》-小说研究 Ⅳ.①I207.419

中国版本图书馆CIP数据核字(2022)第032895号

封面题签：愚　公
策划编辑：刘玉林
责任编辑：王小倩
责任校对：王其宝　赵自环
装帧设计：郭　觐　李　生

吴晓铃论《金瓶梅》
WUXIAOLING LUN JINPINGMEI
吴晓铃 著　王汝梅 吴华 编

主管单位 山东出版传媒股份有限公司
出版发行 齐鲁书社
社　　址 济南市市中区舜耕路517号
邮　　编 250003
网　　址 www.qlss.com.cn
电子邮箱 qilupress@126.com
营销中心 （0531）82098521　82098519　82098517
印　　刷 日照日报印务中心
开　　本 720mm × 1020mm　1/16
印　　张 13.5
插　　页 6
字　　数 220千
版　　次 2022年8月第1版
印　　次 2022年8月第1次印刷
标准书号 ISBN 978-7-5333-4556-3
审 图 号 GS(2022)2251号
定　　价 58.00元

吴晓铃先生

青年时期的吴晓铃

吴晓铃在山东聊城讲课

吴晓铃与夫人、女儿合影

吴晓铃（前排右）与马连良（前排左）及友人合影

吴晓铃（左）与相声演员侯宝林合影

吴晓铃在家中

吴晓铃（前排右一）
与印度汉学家在一起

吴晓铃（中）在山
东枣庄参加第二届国际
《金瓶梅》学术讨论会

吴晓铃（左）1989
年获法国巴黎大学荣誉
哲学博士学位

吴晓铃（中）与《金瓶梅》法译本译者雷威安教授（右一）合影

吴晓铃在加拿大多伦多大学研究班讲授《金瓶梅研究》课程

吴晓铃（后排中）在加拿大多伦多大学与《金瓶梅》研究班合影

吴晓铃（左二）在双棔书屋与王汝梅、马秀楣与石真老师（右二）合影

在双棔书屋，聆听吴晓铃先生论《金瓶梅》（代序言）

王汝梅　吴　华

晓铃先生的父亲吴辉山的藏书处名“绿云山馆”，故先生自称“绿云山馆小主人”，并沿用这一书斋名。先生在家中庭院亲植两棵棔树（俗名“合欢树”），日益茂盛，遂改“双棔书屋”为书斋名。

吴晓铃先生（1914—1995），祖籍辽宁绥中，1914 年 3 月 9 日生于河北迁安，自幼随父亲居住北京。先生的故居位于宣武门外大街达智桥胡同校场头条 47 号。庭院绿树掩映，有年代久远的二层楼房，一楼客厅匾额上“双棔书屋”四个苍劲的大字，由大画师李苦禅题写。先生在双棔书屋接待学术同仁、艺术界名家及年轻一辈学者。双棔书屋成为先生传道授业、交流学术的课堂。笔者就是在双棔书屋聆听先生论《金瓶梅》的。先生的藏书室也在一楼，笔者有幸到先生的藏书室参观古典小说戏曲珍本。

《新刻绣像批评金瓶梅》（崇祯本）会校本的整理校点工作，得到吴晓铃先生的悉心指导。先生慨然允许将珍藏的《金瓶梅》乾隆年间抄本复印后，参与会校。抄本四函四十册，二十卷一百回，是一部书品阔大的乌丝栏大字抄本。抄者为抄本刻制了四方边栏、行间夹线和书口标“金瓶梅”的木版。《新刻绣像批评金瓶梅》（崇祯本）会校本，经国家新闻出版署〔88〕602号文件批准，由齐鲁书社于1989年6月出版，向学术界发行。

吴晓铃先生的《金瓶梅》研究以深厚的文献为基础，多角度、多层次，涵盖了版本、作者、地理背景、时代背景、方言、引用戏曲话本、艺术特点等方面，继鲁迅、郑振铎、吴晗之后做出了重要贡献。

关于《金瓶梅词话》最初刊本问题。吴先生认为，现存《新刻金瓶梅词话》是最早刊本，即在明神宗万历四十五年丁巳（1617）“吴中悬之国门”的那个本子。首先，就作品本身来看，它是小说作者的未定稿本。作者给这部作品定名为《金瓶梅传》，刊本《欣欣子序》首句“窃谓兰陵笑笑生作《金瓶梅传》，寄意于时俗，盖有谓也”。《金瓶梅》的内容主要是叙述三个典型妇女潘金莲、李瓶儿和庞春梅的行为活动，用《金瓶梅传》命名，理所当然地属作者原意。《金瓶梅词话》版行之后的万历年间，有关这部小说的文献都称《金瓶梅》，没有添上“词话”的附加符号。删掉“传”字，添加“词话”二字，是书坊主人的伎俩。《〈金瓶梅词话〉最初刊本问题》原载《金瓶梅艺术世界》（吉林大学出版社1991年7月出版）。原文后附录一：听石居士《幽怪诗谭小引》明刊本影印件；附录二：《幽怪诗谭》目录。《吴晓铃集》第一卷（河北教育出版社2006年1月出版）将附录删去。

崇祯本《金瓶梅》镌刻年代，在崇祯二年至五年之间（1629—1632）。崇祯本每回前有插图二页。见署洪国良姓名的插图有第三十回、二十八回和八十二回。洪国良还刻过崇祯二年己巳（1629）刊本的方汝浩撰《禅真后史》和崇祯五年壬申（1632）刊本的署“醉竹居士”的《龙阳逸史》。吴先生以此为据判定崇祯本《金瓶梅》刊印在崇祯二年至五年之间。崇祯本《金瓶梅》刊印地点在杭州，被郑振铎先生称为“武林版金瓶梅”。洪国良、黄子立等徽派刻工居住在杭州。金陵人瑞堂本《隋炀帝艳史》，崇祯四年（1631）刊，插图纤丽细致，为黄子立所刻。黄子立也是《金瓶梅》崇祯本插图刻工之一。《隋炀帝艳史》插图风格与《金瓶梅》崇祯本插图一致，可补充证明吴先生判断的精准。

关于《金瓶梅》作者考证。吴先生在《关于欣欣子的〈金瓶梅词话序〉》中从解读欣欣子序入手，论证了作者与作者时代问题。从欣欣子序征引“前代骚人”的九种著作，说明欣欣子是嘉靖年间在世的人。欣欣子表达了他对《金瓶梅传》语言通俗化的欣赏，认为全书艺术架构摆脱了才子佳人式的框框，走入了广阔的社会底层，明确地宣布《金瓶梅传》在中国小说史上具有划时代的地位，开创了作家独立思考、选择题材、塑造人物和倾注批判的见解。欣欣子序实际上是笑笑生的创作宣言。欣欣子只能是笑笑生的化身。作者笑笑生是大手笔。吴先生对郑振铎推测“欣欣子便是笑笑生的化身”，做了详细的论证。

吴先生进一步论证了笑笑生就是李开先。有如下重点论文《〈金瓶梅词话〉和李开先的家事与交游》《〈金瓶梅词话〉和李开先的〈宝剑记传奇〉比较研究》等。

吴先生认为《金瓶梅》中的权奸蔡京，并非影射嘉靖年间的严嵩，而是影射夏言。《金瓶梅》中人物吴月娘有李开先第二个妻子王氏的影子，李瓶儿有李开先侍姬张二的影子。李开先家事六件、所接触的人物七事，是李开先在作品中写进了他个人的生活经验和体会。吴先生进一步论证作者时，把《金瓶梅词话》和《宝剑记传奇》作比较，列举十七处的情节、词曲、人物语言等，认为李开先对《宝剑记传奇》尤为偏爱，在《金瓶梅词话》中多处征引。

吴先生在《大陆外的〈金瓶梅〉热》中说：“我个人认为（作

者）是李开先（1502—1568），见1962年由人民文学出版社出版的中国科学院文学研究所编写的《中国文学史》册三、章七、节三。”1980年，徐朔方发表论文《〈金瓶梅〉的写定者是李开先》。日本学者日下翠在《〈金瓶梅〉作者考》中赞同李开先说。卜键在《金瓶梅作者李开先考》（甘肃人民出版社1988年6月出版）中详加论证。在《金瓶梅》作者诸说中，李开先说影响较大。

关于地理背景。吴先生认为清河以嘉靖时期的北京为模型。以明嘉靖年间张爵撰《京师五城坊巷胡同集》和《金瓶梅词话》里出现的清河县城郊地名相互对照，能在北京城里找到的市坊、府邸、衙署、寺观的名目达五十六处之多，说明作者对北京的地理环境了如指掌。他还对猪市街、勾阑胡同、王皇亲宅、王府井、兵马司、惜薪司、白塔、土地庙、真武庙等做了具体分析。

关于《金瓶梅》产生的社会背景及其艺术特点。吴先生明确地把《金瓶梅》的社会背景摆在嘉靖间。他说：“我们老师郑振铎先生和吴晗同志，和其他同志，差不多都给它放在万历，而且放在万历中期。”写清河用北京做背景。蔡京是以夏言为模特儿。《金瓶梅》里引用的戏曲、小说、宝卷、民歌，甚至包括一些滑稽戏，都是嘉靖以前的东西，没有发现嘉靖以后的作品。关于艺术特点，吴先生指出：“一个是写实艺术，一个是它的讽刺艺术，高度的技巧和表现力。影响后代的，最突出的是《红楼梦》。”“写实方面，对《红楼梦》影响多；讽刺艺术方面的影响，在《儒林外史》里头表现得多。”“作者写悲苦的人生，有热情有爱憎：整个地看，《金瓶梅》作者对世界、对人生有极高的热情和兴趣，他是热爱生活的。他写的是悲苦的人生。《金瓶梅》里头主要的一些人物最后结局都是悲剧性结局。写人的命运都是悲惨的命运。写社会面是非常广阔的。写底层人物，都是有血有肉的，没有概念化的人物，都是活生生的人物。”关于性的描写，吴先生指出，这部书关于性的描写，和后来这一类书有着重大的区别。写情欲表现人性，它不是淫书。

吴晓铃先生曾就《〈金瓶梅〉产生的社会背景及其艺术特点》做过学术报告，1985 年 3 月，九州知识信息开发中心监制录音，有学者据录音整理讲稿约有两万七千字。关于这一问题，我们能拜读的正式的文字不足五千字。很遗憾，我们未搜集到录音的整理稿。

关于《金瓶梅词话》的方言语音研究。吴先生认为，整个小说的叙述和描绘用“官话”，其中夹杂着不少的山东特有词汇。但是为了刻画人物性格，就不得不利用方音。这主要表现在潘金莲的“台词”上。作者特定情况下把字作为音符使用，而这些字在正常情况下仍旧保持它的固定意义。作者使用的是黄河南、淮河北的以山东省济南为中心的方言。

吴晓铃先生对于介绍国际间《金瓶梅》研究成果和推动《金瓶梅》进一步走向世界做出了重要贡献。1985 年至 1986 年，吴先生到美国加州大学伯克利分校受聘为亨利・卢斯基金会讲座教授；1988 年 9 月至 1989 年 7 月，到加拿大多伦多大学东亚系任客座教授，主办了《金瓶梅》研究班。研究班上的研究生都撰写了《金瓶梅》研究论文，这些论文译成中文后，在《金瓶梅艺术世界》与《吉林大学社会科学学报》发表。在美国，吴先生与芮效卫教授、浦安迪教授、马泰来先生、凯瑟琳・蔻尔莉茨女士等交流了《金瓶梅》学术问题，并向中国学界介绍《〈金瓶梅〉的修辞》与芮效卫全译《金瓶梅词话》的情况。

吴先生在全面分析北美、欧洲、日本、中国研究现状后，提出了向纵深研究的三个方向：第一，把《金瓶梅》在我国古典小说史上的承前启后的脉络爬梳清楚，能解决文学发展史上的规律性问题。第二，把《金瓶梅》作者考定出来，就能根据特定的时代背景对作品进行更加深入细致的分析。第三，把《金瓶梅》内容来源和后世影响整理出一条或几条线索，就能对于《红楼梦》《儒林外史》《醒世姻缘传》以至《官场现形记》的创作方法进行比较研究。

吴晓铃先生的《金瓶梅》论著有如下特点。第一，每篇都有密集饱满的信息量。注释不仅是注明相关资料出处，而且是论著的延伸，很多重要文献往往在注释中引述。每篇论文篇幅虽短，但容量大，像压缩饼干，挤掉了水分，阅读时需慢慢地咀嚼消化吸收。第二，每个重要观点都是长期思考研究的结果。如《西游记》成书在《金瓶梅》之后，受了《金瓶梅》的影响；又如认为《红楼梦》中的王熙凤、刘姥姥的描写受了《金瓶梅》的影响；再如《金瓶梅》写情欲表现人性，它不是淫书；等等。第三，提示了研究的方向、目标，提出了关键问题，如《金瓶梅》研究与重写中国古代小说发展史，《金瓶梅》影响研究与《红楼梦》《儒林外史》等研究的深化，等等。

为纪念吴晓铃先生逝世二十周年，我们回顾聆听吴先生论《金瓶梅》，重阅吴先生的论著，编辑了本书，以表达对吴先生的怀念与感恩。限于我们的水平，对吴先生论著的评述有不妥当之处，敬请专家与读者朋友批评指正。

2016 年 5 月 31 日

王汝梅　吉林大学文学院教授

吴　华　加拿大西安大略大学休伦学院国际比较学系教授，中国古代文学专业博士，吴晓铃先生之女

目 录

附录一

附录二

《金瓶梅词话》最初刊本问题

我始终认为现存的《新刻金瓶梅词话》① 是这部长篇小说的最早刊本，亦即第一个刻本，在明神宗万历四十五年丁巳（1617）“吴中悬之国门”② 的那个本子。

学者对于这个问题曾经有过争论。马泰来根据明代薛冈的《天爵堂文集》所附《天爵堂笔余》的记载，论证《新刻金瓶梅词话》应是许多传抄本之后的第一个刻本。③ 刘辉不同意这个结论。④

---

① 《金瓶梅词话》传世之本有五，计明代万历刊本四：一为北京图书馆藏本，半叶十一行，行二十四字。今在台湾省。此本系北京琉璃厂个体书商张修德得于山西省平遥县及介休县之间农村，以百元售诸文友堂书肆，北京图书馆斥五倍之值收之。二为日本日光轮王寺慈眼堂藏本。三为日本德山毛利家栖息堂藏本。四为日本京都大学图书馆藏二十三回残本。清代刊本一：顺治间坊刊《绣像八才子词话》，大兴傅氏碧蕖馆旧藏，今不悉散佚何许。

② 见明沈德符《万历野获编》卷二十五《词曲〈金瓶梅〉》。

③ 见马泰来《有关〈金瓶梅〉早期传播的一条资料》，《光明日报·文学遗产》第650期，1984年8月14日。

④ 见刘辉《现存〈金瓶梅词话〉是〈金瓶梅〉的最早刊本吗？——与马泰来先生商榷》，《光明日报·文学遗产》第693期，1985年11月5日。

马泰来有1986年2月19日函寄我旅美客舍云：

刘文似乏高见。薛、包二人在万历四十四年尝同游，何以见得包在同年赠薛《金瓶梅》？

“后二十年”云云，拙文已提出不宜执着必为二十年整。

文在兹是庶吉士，不是问题，不用引用县志上文在兹文的小注。问题是“吉士”是否一定指“庶吉士”。

同样，马仲良出榷浒墅时间引用《虎阜金石经眼录》，说时年二十四，也没有解决问题，因为单凭此材料，仍不知事出何年。

我个人的看法是，由于我们没有人能够看到这部长篇小说的原稿本和明代万历年间许多人所传抄和入藏的写本①，迫不得已，只好拿着人所共知的几种明代万历间的文献资料进行钩稽。这些文献资料的供给者和时代都存在着一定程度的制约；讲得明确一些，属于第二手材料的范畴，本身有其局限性。因此，反倒不如专就现存的刊本做些实质方面的探索。

首先，就作品本身来观察，它应该属于小说作者原来的未定稿本，或者是原稿的辗转传抄本，因为作品内容有许多漏洞、缺陷和前后不相照应的地方。再就作品的文字来推敲，我们也能很容易地发现它还有待于最后的润色和修饰。其中，最显而易见的是回目还处于备忘的撮要阶段，尚未曾进行工整对仗的加工手段。作为一部不是最后定稿的作品，固然会使后世的读者常兴太璞不完之叹，但是它又能够启发人们去钻研作者的苦心孤诣之所在，去体会作者的全面创作构思设想的意图，这又未始不是一桩好事。曹霑增删十载而留传下来的各种脂砚斋评本、抄本和活字印本的《红楼梦》所给予人们驰骋畅想的机缘不亦正复如是吗?

其次，就这个刊本的几个微不足道的，或者把它叫作被人们忽略的“棂缝”，谈谈我的粗浅的，或者把它叫作大胆的探索。

我一直认为这部作品的作者原来的设想是把它定名为《金瓶梅传》的。这有书为证，就在刊本的欣欣子的序文首句里：“窃谓兰陵笑笑生作《金瓶梅传》，寄意于时俗，盖有谓也。”这也符合我国唐、

---

① 许多传世的古典小说有稿本或抄本保存下来，《红楼梦》便是一个很突出的例子。我们知道《金瓶梅》有不在少数的传抄本，但是一直没有出现过，这很可能是由于它屡遭禁锢之厄的缘故。我藏有一部书品阔大的乌丝栏大字抄本，抄者专为这部书刻制了四方边栏，行间夹线和书口标以“金瓶梅”的木版。从字体的风格看来，应属清代乾隆前期书法。从文字的内容看来，应属明代崇祯间刊本《金瓶梅》的系统；可是书里的猥亵部分都删除净尽，是一部最早的“洁本”。

宋两代以来用散文形式，或韵文和散文相间、并行的形式，叙述人的活动和行实的新兴文学样式的传承，如：唐代李公佐的《南柯太守传》、白行简的《李娃传》、陈鸿的《长恨传》和杜光庭的《虬髯客传》，宋代乐史的《绿珠传》、秦醇的《谭意歌传》和佚名的《梅妃传》，以至于用当时白话写的《明妃传》，可以说是并兴互茂，层出不穷。即以明代前期而论，文言小说如《如意君传》《闲情别传》等书，白话小说里的讲史类都叫作“志传”，“朴刀杆棒”类的名著也叫作《水浒英雄志传》或《忠义水浒全传》。小说是历史的旁支，历史是记录人在特定时期和典型环境中的活动的，小说不过是历史通俗化和普及性的形式，它不可能跳出这个规律。《金瓶梅》的内容主要是叙述三个典型妇女潘金莲、李瓶儿和庞春梅三人的“所行”（佛教经典的用词，梵语叫作“Carita”）。西门庆只不过是一个穿针引线的小人物而已，一旦他的作用完成了，在全书不到五分之四的章回里便自行消失了。所以，用《金瓶梅传》命名，理所当然地属于作者的原意。

至于在《金瓶梅》后面删掉“传”字，而用“词话”李代桃僵，我的意见是并非出自作者本意，并且作者也不及见到这种画蛇添足的手法，而是版刻行世的书坊主人采取的以广招徕的宣传伎俩。须知，在明代有一个时期，非常流行出版的一些所谓“说唱词话”的通俗文学作品，前些年在嘉定县（今上海市嘉定区）从墓葬里发掘出来随葬的明代成化年间的刻本“词话”便是具体的实物证明。① 明代万历四十五年丁巳（1617）刊行的《金瓶梅词话》，既是把它叫作“词话”的开端，也是把它叫作“词话”的终结。自斯以后，便统一为去掉了“传”字的《金瓶梅》，直到清代康熙年间张竹坡批本《第一奇书》问世，才有了一书二名并辔而行的形式。

---

① 见《明成化说唱词话丛刊》，上海市文物保管委员会、上海市博物馆影印本，1973 年出版。

这里还可以举出一个旁证来说明“词话”一词纯属晚出。试查明代万历年间谈到这部小说的文献，就会发现它们都一致地名之为《金瓶梅》，没有人再添上个“词话”的附加符号。朱翊钧在位共四十八年（1573—1620），《金瓶梅词话》版行之后三年，他便死掉，接下来便是光宗朱常洛的泰昌一年、熹宗朱由校的天启七年、思宗朱由检的崇祯十七年，“甲申”（1644）之变，朱明王朝覆亡。《金瓶梅》以“词话”流传人口，最长也不过是二十八年（1617—1644）而已。

谈到《金瓶梅》而称之为“词话”的也不是没有，但都是在万历年间以后的文献，看来他们是见过《金瓶梅词话》这个版本的。这里仅仅能够举出两条资料来。

一个是明代崇祯二年己巳（1629）西湖碧山卧樵纂辑的《幽怪诗谭》[①] 卷首的听石居士所写的《小引》：

> ……其余或仙或禅，或茗或酒，或美人或剑客，以幽怪之致与诸家相掩映者，不可殚述，而总之以百回小说作七十余家之语。不观夫李温陵赏《水浒》《西游》，汤临川赏《金瓶梅词话》乎！

另一个是清代顺治间丁耀亢（1599—1669）撰的《续金瓶梅》[②]

---

① 南京大学图书馆藏明代崇祯二年己巳刊本《幽怪诗谭》六卷，题：西湖碧山卧樵纂辑，栩庵居士评阅。半叶九行，行二十字。白纸，白口，白鱼尾，左右双栏。眉端有评语。卷一收十二则，卷二收十八则，卷三收十六则，卷四收十二则，卷五收十九则，卷六收十七则，总计九十四则，每则标目四字。近年又有影抄本行世。关于《幽怪诗谭》的资料，均系南京大学谢伯阳先生提供，表示谢忱。

② 山西省临汾行署蒲县文化馆藏清乾隆间精抄本《续金瓶梅》十六卷六十四回，题：紫阳道人编，湖上钓史评。首叶则题：《续金瓶梅》即化名而为《觉后禅集》。卷一首行题：《觉后禅集》卷之一。半叶九行，行二十字，十六册。按：此书旧刊本均作十二卷六十四回，半叶十行，行二十四字，与抄本大异，疑抄本近诸原著。闻吴兴周氏言言斋曾藏清代毕沅旧藏抄本，未见，亦不悉周越然逝后，其本散佚何许。

卷首《凡例》的第四则：

> 小说类有词话，前集名为“词话”，多用旧体；今因题附以新词，参入正论，较之他作，颇多佳句，不至有套腐俚鄙之病。

这里所说的“前集”就是指的《金瓶梅》。不过丁氏虽然在他的续本里“题附以新词”，但是并没有把它名为《续金瓶梅词话》。

至于刘辉主张“现存《新刻金瓶梅词话》，是‘词话’本的第二个刻本”的理由之一是“正因为有原刻在前，故特别标明此为‘新刻’”①，是很薄弱无力的，不足为据的。自从明代城市经济逐渐发展以来，在文化事业方面有一个突出现象是公私图书出版工作的繁荣，遍乎大江南北，书肆蔚然成风，因而彼此竞争激烈，互相倾轧，无所不用其极。他们的手段之一便是以“新”为尚，什么“新刻”“新镌”“新锲”“新编”，不一而足。轻信这种虚伪的宣传伎俩，便会上了书贾的当。

（原载《金瓶梅艺术世界》，吉林大学出版社 1991 年 7 月出版。原文后有附录一：听石居士《幽怪诗谭小引》；附录二：《幽怪诗谭》目录。）

① 刘辉《现存〈金瓶梅词话〉是〈金瓶梅〉的最早刊本吗？——与马泰来先生商榷》，《光明日报·文学遗产》第 693 期，1985 年 11 月 5 日。

《金瓶梅》作者新考[①]

壹　作者是明代嘉靖间（1522—1566）人

一、沈德符、袁宏道等人的说法

二、嘉靖间的史实

三、征引戏剧、小说、散曲、宝卷等皆嘉靖间和嘉靖以前作品

贰　作者是山东人

一、序文自称“兰陵笑笑生”

二、山东方言（语言、语法和词汇）

三、山东风土、人情、生活、习惯、历史和地理

叁　作者熟知嘉靖间北京

一、北京里巷

二、北京风俗（解粽）

三、北京俗谚（“南京沈万三，北京枯柳树”）

---

①　编者注：本文前半部分为吴晓铃教授的写作提纲，后半部分则对应为吴先生的观点。结论似认为《金瓶梅》的作者为李开先，观后文可知。

肆　作者在北京做过官

一、北京衙署制度

二、外交工作

伍　作者在京居官时与首辅不谐，因而罢官旋里

一、对蔡京等人显然有所指斥

二、文字多愤激语

陆　作者对非正纯文字的熟谙、爱好与专诣（平话小说、杂剧、传奇、散曲、俗曲、宝卷、舞台演技……）

壹　李开先（1502—1568）生明孝宗弘治十五年壬戌（1502），卒明穆宗隆庆二年戊辰（1568），寿六十七岁。

贰　李开先是山东省章丘县（今济南市章丘区）人。

叁　李开先于明世宗嘉靖八年己丑（1529）以二十八岁进士及第，任户部云南司主事；嘉靖二十二年癸卯（1543）以四十二岁免官旋里，计：居京十四年，居家二十五年。

肆　李开先在京居官十四年（1529—1543）。

伍　李开先因明世宗嘉靖二十年辛丑（1541）四月之“九庙灾”，为首辅夏言投劾罢官。夏言（1482—1548），礼部尚书，大学士。

陆　李开先熟谙俗文学。其藏书有“词山曲海”之称；校刊元杂剧选集《改定元贤传奇》；刊行张可久及乔吉散曲；评论元明戏曲作家及作品；创作传奇、杂剧、散曲。《金瓶梅》中多所征引、摘录改用。

关于欣欣子的《金瓶梅词话序》

为了便于剖析，便于读者参酌，我把欣欣子这篇《金瓶梅词话序》的全文抄在下面：

> 窃谓兰陵笑笑生作《金瓶梅传》，寄意于时俗，盖有谓也。人有七情，忧郁为甚：上智之士与化俱生，雾散而冰裂，是故不必言矣。次焉者，亦知以理自排，不使为累。惟下焉者，既不出了于心胸，又无诗书道腴可以拨遣，然则不致于坐病者几希！吾友笑笑生为此，爰罄平日所蕴者，著斯传凡一百回。其中语句新奇，脍炙人口，无非明人伦、戒淫奔、分淑慝、化善恶；知盛衰消长之机，取报应轮回之事，如在目前。始终如脉络贯通，如万系迎风，而不乱也。使观者庶几可以一哂而忘忧也。其中未免语涉俚俗，气含脂粉。余则曰：不然。《关雎》之作，乐而不淫，哀而不伤。富与贵，人之所慕也，鲜有不至于淫者。哀与怨，人之所恶也，鲜有不至于伤者。吾尝观前代骚人，如：卢景晖之《剪灯新话》、元微[1]之之《莺莺传》、赵君弼之《效颦集》、罗贯中之《水浒传》、丘琼山之《钟情丽集》、卢梅湖之《怀春雅

---

① “微”字原作“徽”字，讹，正之。

集》、周静轩之《秉烛清谈》，其后，《如意传》《于湖记》，其间语句文确[1]，读者往往不能畅怀，不至终篇而掩弃之矣。此一传者，虽市井之常谈，闺房之碎语，使三尺童子闻之，如饫天浆而拔鲸牙，洞洞然易晓；虽不比古之集，理趣文墨，绰有可观。其他关系世道风化，惩戒善恶，涤虑洗心，无不小补。譬如房中之事，人皆好之，人皆恶之。人非尧舜圣贤，鲜不为所耽。富贵善良，是以摇动人心，荡其素志。观其高堂大厦、云窗雾阁，何深沉也；金屏绣褥，何美丽也；鬓云斜觯、春酥满胸，何婵娟也；雄凤雌凰迭舞，何殷勤也；锦衣玉食，何侈费也；佳人才子嘲风咏月，何绸缪也；鸡舌含香，唾圆流玉，何溢度也；一双玉腕绾复绾，两只金莲颠倒颠，何猛浪也。既其乐矣，然乐极必悲生。如：离别之机将兴，憔悴之容必见者，所不能免也。折梅逢驿使，尺素寄鱼书，所不能无也。患难迫切之中，颠沛流离之顷，所不能脱也，陷命于刀剑，所不能逃也。阳有王法，幽有鬼神，所不能逭也。至于淫人妻子，妻子淫人；祸因恶积，福缘善庆：种种皆不出循环之机。故天有春夏秋冬，人有悲欢离合，莫怪其然也。合天时者，远则子孙悠久，近则安享终身。逆天时者，身名罹丧，祸不旋踵。人之处世，虽不出乎世运代谢，然不经凶祸、不蒙耻辱者，亦幸矣。吾故曰：笑笑生作此传者，盖有所谓也。

欣欣子书于明贤里之轩

这里有几个问题需要予以探讨和解决。

第一个是作者的问题。

欣欣子肯定是作者的化名。他到底是什么人呢？根据序文里“吾

① “确”字讹，疑当作“榷”字。

友笑笑生为此，爰罄平日所蕴者，著斯传凡一百回”的话看来，可以解释作《金瓶梅》的作者笑笑生是序者欣欣子的朋友。欣欣子是欣欣子，笑笑生是笑笑生，他们是两个人。

但是，也有另外的一种推测，这就是郑振铎先生的意见。他说：“也许这位欣欣子便是所谓‘笑笑生’他自己的化身罢。这就其命名的相类而可知。”① 他估计欣欣子和笑笑生玩的是《封神演义》里的老子“一化三清”的把戏，他们是一个人。

这个问题如果能够得到解决，可能为小说的作者谁属的问题开辟道路。

“欣欣子”未见文记载，我们倒是找到了一个“欣欣客”。

明祁彪佳（1602—1645）在《远山堂曲品》② 的“杂调”部著录：

还魂　　　　□□□欣欣客

内传包文拯勘曹国舅，似从元剧《生金阁》《鲁斋郎》诸曲生发者。中如活袁文正以温凉帽，封以五霸诸侯，真可喷饭。

这部传奇今存，有明万历间金陵唐氏文林阁刊本，题《新刻全像包龙图公案袁文正还魂记》，不分卷，二十七出。③

---

① 见郭源新（郑振铎笔名）《谈〈金瓶梅词话〉》，《文学》创刊号，生活书店，1933年7月。其后，收入郑振铎《痀偻集》，《创作文库》第10册，生活书店，1934年12月；姚灵犀《瓶外卮言》，天津书局，1940年8月；郑振铎《中国文学研究》，作家出版社，1957年。

② 北京图书馆藏稿本。黄裳有校订本，见《远山堂明曲品剧品校录》，上海出版公司，1955年。台湾省有题朱尚文校“盗版”本，1960年。

③ 明万历间《玉谷新簧》有选出，题《返魂记》。1955年出版的《古本戏曲丛刊》二集影印了北京图书馆所藏此剧全帙，为第五种。

这部传奇的作者，祁彪佳不知道其姓名，只注明笔名“欣欣客”。这位“欣欣客”是否即“欣欣子”呢？很难说。我们暂且把这个问题搁置一下。

第二个是作者的时代问题。

我们还是先考察一下《袁文正还魂记》的时代。从剧作所收的民间小曲如【驻云飞】①、【锁南枝】②、【寄生草】③ 和【山坡羊】④ 看来，可以肯定剧作是明穆宗隆庆（1567—1572）以前的作品。

我们认为《金瓶梅》的作者是明代嘉靖间（1522—1566）的人，或者把时代范围再具体化一些，下限不逾明穆宗隆庆二年戊辰（1568）。重新爬梳一下前面的几种民间小曲，除掉用得最多的【驻云飞】，【锁南枝】⑤、【寄生草】⑥ 和【山坡羊】⑦ 也频频在《金瓶梅》里出现，是很能说明问题的。更何况在《金瓶梅》里还有这样的文字作为正面的证明：

> 不一时，王经轿子接的申二姐到了，入到后边，与月娘众人磕了头。月娘见他年小，生的好模样儿，问他套数，倒会不多；若题诸般小曲儿，【山坡羊】【锁南枝】兼数落，倒记的有十来个。⑧

---

① 见第十一出《感叹》、第十二出《谋害》、第十六出《诉冤》、第十九出《托梦》、第二十三出《告状》和第二十七出《团圆》。

② 见第十二出《谋害》和第二十出《逃店》。

③ 见第十四出《贺建》。

④ 见第十九出《托梦》和第二十出《逃店》。

⑤ 见《金瓶梅词话》第五十二回一首、第六十一回二首。

⑥ 见《金瓶梅词话》第八回和第八十二回各一首。

⑦ 见《金瓶梅词话》第一回一首、第八回二首、第三十三回一首、第五十回二首、第五十九回三首、第六十一回二首、第八十九回四首和第九十一回一首。

⑧ 见《金瓶梅词话》第六十一回《韩道国筵请西门庆　李瓶儿苦痛宴重阳》。

春梅道："……那里像这贼瞎淫妇（指申二姐）大胆，不道的会那等腔儿！他再记的甚么成样的套数，还不知怎的拿班儿！左来右去，只是那几句【山坡羊】【锁南枝】，油里滑言语，上个甚么抬盘儿！"①

关于明代的民间小曲的流行于里阎的风尚，虽然时常产生新陈代谢的现象，然而还是有轨迹可循的。沈德符曾经做过这样的分析：

自宣（德）正（德）至成（化）弘（治）后，中原又行【锁南枝】【傍妆台】【山坡羊】之属。……自兹以后，又有【耍孩儿】【驻云飞】【醉太平】诸曲，然不如三曲之盛。嘉（靖）隆（庆）间乃兴【闹五更】【寄生草】【罗江怨】【哭皇天】【干荷叶】【粉红莲】【桐城歌】【银纽丝】之属。②

我们最好还是拿生活在嘉靖年间的李开先的话来做直接的佐证，他在《市井艳词序》③ 里说：

正德初，尚【山坡羊】；嘉靖初，尚【锁南枝】。

又在《市井艳词后序》④ 里说：

【山坡羊】有二，一北、一南。【锁南枝】亦有二，有南，无北。

---

① 见《金瓶梅词话》第七十五回《春梅毁骂申二姐　玉箫诉言潘金莲》。

② 见沈德符《万历野获编》卷二十五《时尚小令》。

③ 见李开先《闲居集》卷六序。

④ 见李开先《闲居集》卷六序。

因此，欣欣客的活动时代显然和李开先相同。

我们还可以从另一个方面进行探索，那就是考察一下欣欣子在《金瓶梅词话序》里面所征引的“前代骚人”的著作。那些著作都属于所谓“小说家者流”的作品，共计九种：

1. 卢景晖的《剪灯新话》；
2. 元微之的《莺莺传》；
3. 赵君弼的《效颦集》；
4. 罗贯中的《水浒传》；
5. 丘琼山的《钟情丽集》；
6. 卢梅湖的《怀春雅集》；
7. 周静轩的《秉烛清谈》；
8. 《如意传》；
9. 《于湖记》。

这里，《莺莺传》又名《会真记》，是唐代著名诗人元稹（779—831）写的自传性的“忏情式传奇文”。① 《水浒传》传为元末明初间的杂剧作家罗本（约 1330—约 1400）写的糅合“金戈铁马”和“朴刀杆棒”的草莽英雄传奇小说。② 这些都是在明代以前问世的，理应存而不论。现在只分别论列其余的七种明代的作品。

1. 《剪灯新话》，瞿佑（1341—1427）③ 撰。今存。④ 四卷二十一

---

① 《莺莺传》首见宋《太平广记》卷四百八十八《杂传记》卷五，列于第一篇。后《龙威秘书》《五朝小说》《唐人说荟》等均收之。

② 此书于明嘉靖间由郭勋据古本厘定，最称善本。

③ 《金瓶梅词话序》作卢景晖撰，误。瞿佑，元顺帝至正元年辛巳（1341）生，明宣宗宣德二年丁未（1427）卒。字宗吉，又号山阳道人，钱塘人，曾任教谕、训导、长史，因诗祸戍保安。集有《春秋贯珠》、《阅史管见》、《香台集》、《归田诗话》（存）、《咏物诗》（存）。本书各序及《百川书志》均作瞿撰。

④ 《百川书志》卷六著录，作“共记十一段”。高儒，号百川，涿州人。

篇，附录一卷。首有明太祖“洪武十一年岁次戊午（1378）六月朔日山阳瞿佑书于吴山大隐堂”自序、十四年辛酉（1381）吴植序、二十二年己巳（1389）佳衡序和三十年丁丑（1397）凌云翰[①]序。明代藏书家赵用贤[②]在《赵定宇书目》的“稗统续编”类里著录这部书。晁瑮[③]在《宝文堂书目》卷中的“子杂”类里也有著录。

这是明代最早的一部模拟唐宋间的传奇文学的专集。

2.《效颦集》，赵弼（1363？—1450？）[④] 撰。今存。[⑤] 三卷二十五篇。赵氏的《效颦集后序》署“宣德戊申二月乙丑南平赵弼辅之”，当撰于明宣宗宣德三年（1428）以前。晁瑮在《宝文堂书目》卷中的“子杂”类里著录了这本书，还特意注明“旧刻”，也就是在明世宗嘉靖年间（1522—1566）入藏的书籍。

---

① 凌系瞿氏祖父辈，呼瞿为小友，洪武初任成都府学教授，有《柘轩集》。

② 赵氏，明世宗嘉靖十四年乙未（1535）生，明神宗万历二十四年丙申（1596）卒。赵氏有《松石斋集》三十卷，又六卷，崇祯刊本，日本尊经阁藏有之。

③ 晁瑮，嘉靖廿年辛丑（1541）进士。

④《金瓶梅词话序》作“赵君弼”，误，今正之。赵氏，字辅之，号雪航，福建南平人。生卒年不详。据氏于明成祖永乐年间（1403—1424）以贡任汉阳儒学教谕，明宣宗宣德间（1426—1435）纂修《汉阳府志》，可见他的活跃时期约在1400年至1440年之间。又据《效颦集》卷下《梦游鄱阳彭蠡传》里自称“洪武屠维单阏春季月，余游学于闽浙”语和胡肃在明代宗景泰元年庚午为赵弼所撰的《雪航肤见》写的序文里称赵弼曾在那年“以所著《雪航肤见》一帙示余”来看，洪武屠维单阏是明太祖洪武三十二年己卯，当公历1399年（朱元璋卒于1398年，1399年应作明惠帝建文元年）；景泰元年庚午当公历1450年，我们可以估计赵弼生于洪武元年戊申（1368）左右，约卒于景泰元年（1450）以后，享年在七十岁至八十岁之间。台湾的赖瑞和有《越弼生平与著述考》，刊静宜文理学院中国古典小说研究中心编的《中国古典小说研究专集》第2集，1980年6月由台湾联经出版事业公司出版。

⑤ 上海图书馆藏明宣宗宣德三年戊申（1428）原刊本，上海古典文学出版社于1957年据以排印出版。日本东京都内阁文库入藏江户期间（1603—1868）抄本，见日本内阁书记官室记录课编《内阁文库图书第二部汉书目录》子部、小说、异闻；惟称赵弼为元代人，误。《后序》称“余尝效洪景卢、瞿宗吉编述传记二十六篇”，然实有二十五篇。

这是仅次于《剪灯新话》的明代早期模拟唐宋间的传奇文学的专集。

3.《钟情丽集》，丘濬（1421—1495）[①] 撰。今存。[②] 四卷，仅一篇。卷首有明宪宗成化二十二年丙午（1486）乐庵中人序和二十三年丁未（1487）简庵居士序。晁瑮在《宝文堂书目》卷中的“子杂”类和“乐府”类里分别予以著录。丘氏是当时的名公巨儒，声名显赫，虽然他在晚岁深悔少年绮情之作，但是这部《钟情丽集》则一直风行到明末，如《风流十传》《国色天香》《万锦情林》《燕居笔记》等书都把全文收了进去。

4.《怀春雅集》，又名《融春集》，卢民表撰。卢氏，不详其字，仅知号梅湖，其里居亦待考。其生卒年月亦未见记载，但是根据嘉靖年间的高儒《百川书志》[③] 卷六“外史”类著录和晁瑮《宝文堂书目》卷中“子杂”类以及“乐府”类著录，可见他是于嘉靖以前在世。《怀春雅集》原书久佚，但是《风流十传》卷七[④]、《万锦情林》卷六的“传奇雅记”类和《燕居笔记》都收了进去。

5.《秉烛清谈》，周礼（1463—?）[⑤] 撰。周氏字德恭，号静轩，

---

① 丘氏，明成祖永乐十九年辛丑（1421）生，明孝宗弘治八年乙卯（1495）卒。

② 日本成篑堂文库藏明孝宗弘治十六年癸亥（1503）金台晏氏忠恕堂刊本，题“玉峰主人编辑”。

③《百川书志》有嘉靖十九年庚子（1540）序著录：“二卷，国朝三山凤池卢民表著，又称秋月著，衍元人吴廷璋王娇鸾事。”

④《风流十传》卷首有陈继儒未署年月序和万历四十八年庚申（1620）顾廷宠序。

⑤ 周礼生于明英宗天顺七年癸未（1463）。参：王参《周礼事略》，载1948年9月14日上海《中央日报》之《俗文学》周刊第八十二期。按：高儒《百川书志》记“《湖海奇闻》五卷，余杭周礼德恭著。聚人品、脂粉、禽兽、木石、器皿五类灵怪七十二事”，看来周氏也是一个好奇之士。又按：曾见某处所藏浙江鄞县（今宁波市鄞州区）余寅著《农文人文集》十六卷写刻本，题“书记周礼写”，不知是否即《秉烛清谈》之作者。周氏曾改《三国演义》，并为《三国演义》《隋唐演义》写诗甚多。

浙江余杭县（今杭州市余杭区）人。《秉烛清谈》佚，据明高儒《百川书志》的“小史”类著录和赵用贤《赵定宇书目》的“稗统续编”类所收，知为五卷二十七篇。晁瑮《宝文堂书目》卷中的“子杂”类也为之著录。

6. 《于湖记》，撰人佚名，亦未见原刊，据明高儒《百川书志》的“小史”类和晁瑮《宝文堂书目》卷中的“子杂”类①著录均作一卷，可见曾有单行刊本流传于嘉靖年间。今日所见者为《国色天香》卷十所收《张于湖传》、《燕居笔记》卷九所收《张于湖宿女真观》、《万锦情林》卷一所收《张于湖记》和《燕居笔记》卷七所收《张于湖女贞观记》。

7. 《如意传》②，又名《阃娱情传》。撰人佚名，日本刊本③前有华阳散人《如意君传序》，因此一般都认为作者就是华阳散人，但是细按序文内容，看来不像作者的语气。又据刊本正文首页首行下有墨批说：“别本：吴门徐昌龄著。”可能另有所据。徐氏生平待考，姑记于此。

孙楷第《中国通俗小说书目》在“《如意君传》”条下注云：“刘衡如云：‘日人某书记有青霞室本，四册。’”又云：“黄之隽《唐堂集》卷二十三杂著五《詹言》下：‘明嘉靖己丑进士黄训《读书一得》有《读〈如意君传〉》。’”按：嘉靖己丑是明世宗嘉靖八年（1529），那么可见《如意君传》是嘉靖初年，甚至于嘉靖

---

① 晁瑮《宝文堂书目》作“张于湖误宿女观记”。

② 原书名系《如意君传》，《金瓶梅词话序》夺“君”字。

③ 余所据本系美国加州大学伯克利分校东方语言文学系图书馆所藏香港古佚小说会影印《古佚小说》第一种本。此书有多种刊本和抄本，均保存于日本。影印本系据日本刊本缩印者。

以前的作品。刊本《如意君传》的华阳散人序署“甲戌秋”，相阳柳伯生是刊刻《如意君传》的出版者①，他的识语署“庚辰春”。我们根据黄训中进士的年代爬梳，那么刊本所署的“甲戌”和“庚辰”只有明武宗正德九年（1514）和十五年（1520）适合。这也就是说，《如意君传》的写成当在正德九年（1514）以前，《如意君传》的付梓当在正德十五年（1520）左右。总体说来，都在《金瓶梅词话》成书之前很久；而且，应该承认不单为《金瓶梅词话》写序的欣欣子读过《如意君传》，《金瓶梅词话》的作者笑笑生也读过《如意君传》。

现在我们把上面所举的七种传奇文汇总起来考察，可以看出其中有年代可据的共有五种：《剪灯新话》《效颦集》《钟情丽集》《秉烛清谈》《如意君传》。其上限能够推到元末明初，下限也都在明代嘉靖以前或嘉靖初期。至于其中撰作年代不能确指的有两种，即《怀春雅集》和《于湖记》。由于都见于嘉靖年间著名藏书家如高儒和晁瑮的收藏，并著录在他们的《百川书志》和《宝文堂书目》里，当然其成书也都在明代嘉靖以前或嘉靖初期。另外的《莺莺传》和《水浒传》就更不在话下了。

这个现象说明什么问题呢？

首先，它说明《金瓶梅词话序》的作者欣欣子是嘉靖年间在世的人，也扣定了《金瓶梅词话》的撰人同样是活跃于嘉靖年间文坛的人物。不做出这样的结论是无法解释在万历年间极为盛行的通俗文学作

---

① 《如意君传》有“庚辰春相阳柳伯生”文云：“史之有小说，犹经有注解乎？经所蕴，注解散之；乃如《汉武》《飞燕》内外之传，闺阁密款犹视之于今，而足以发史之所蕴，则果犹经有注解耳。顷得则天后《如意君传》，其叙事委悉，错言奇叙，比诸二传快活相倍，因刊于家，以与好事之人云。”

品选本《国色天香》①、《万锦情林》②、《风流十传》③ 和《燕居笔记》④ 大量收入这些作品而没有被欣欣子在《金瓶梅词话序》里点名的奇怪现象的。

其次，《金瓶梅词话序》的作者欣欣子是肯定地读到过这九种书的，而且他还有所评骘，表示并不满意，说："其间语句文确，读者往往不能畅怀，不至终篇而掩弃之矣。"他这话的意思是不满意于像

---

① 《国色天香》十卷，日本内阁文库藏明万历二十五年丁酉（1597）大型绵纸刊本，题《京台新锲公余胜览国色天香》，作两截楼刻法，上层半叶十六行，行十四字；下层半叶十三行，行亦十六字。卷首下署"抚金养纯子吴敬所编辑，书林万卷楼周对峰绣锲"。首有谢友可序，称"作者咸臻，养纯吴子乃大搜词苑"。后署"时万历丁亥九紫山人谢友可撰于万卷楼"。万历丁亥为明神宗万历十五年（1587），则此书当系同类通俗文学选本在明代的最早出版者。

② 《万锦情林》六卷，日本东京大学中国文化研究所藏明万历间大型出像刊本，题"新刻芸窗汇爽万锦情林"，作两截楼刻法，上层半叶十四行，行十二字；下层半叶十三行，行二十字。卷首下署"三台馆山人仰止余象斗纂，书林双峰堂文台余氏梓"。余氏系福建省建宁府建阳县书林世家，所刻小说极多，为万历间著名出版商，其活动时期在万历间至少二十年，观夫日本蓬左文库所藏万历十六年戊子（1588）刊本《京本通俗演义按鉴全汉志传》及大连市图书馆和日本蓬左文库所藏万历三十四年丙午（1606）刊本《京本春秋五霸七雄全像列国志传》可知。

③ 《风流十传》八卷，日本内阁文库藏长泽规矩也旧藏明万历四十八年庚申［即明光宗泰昌元年（1620）］刊本，半叶九行，行二十字。据未署年月之陈继儒序"客座所述闲情野史《风流十传》"语，则此本仅存八传，并非完帙；然据万历四十八年庚申（1620）闲云外史顾廷宠序称"陈仲醇所删八卷，其笔陈不减于汉，其风采不让于唐"。或只有八卷而已。此本卷一收《钟情丽集》，卷六收《融春集》，即《怀春雅集》。

④ 《燕居笔记》十卷，辑者疑即序文作者何大抡，大抡字元士，号琴涧居士，古临人。日本内阁文库藏明天启崇祯间金陵书林李澄源刊大型写刻本，作两截楼刻法，上层半叶十五行；下层半叶十三行，行十五字。此本卷三、四收《钟情丽集》，卷九、十并收《怀春雅集》及《张于湖宿女贞观》。按：此本题"重刻增补"，殆非初刊，初刊当亦是万历间刻本。

又：日本宫内省图书寮藏清初书林余公仁批补、假名"明叟冯犹龙增编"之清初刊小型插图本，半叶十一行，行十六字。此本卷七收《张于湖宿女贞观记》；又于卷九之后另为起卷，卷二收《钟情丽集》，卷七收《怀春雅集》。

《剪灯新话》之类的专用文言铺叙才子私情的形式，认为不只是为文字所限，不能放开了写，既失于局促，又不通俗普及。但是从他对于《金瓶梅词话》的评价“此一传者，虽市井之常谈，闺房之碎语，使三尺童子闻之，如饫天浆而拔鲸牙，洞洞然易晓”看来，固然表达了他对《金瓶梅词话》的语言大众化的欣赏，但是更重要的则是更加欣赏它的内容摆脱了才子佳人式的绊系，走入“市井之常谈，闺房之碎语”的广阔社会底层，而且进行了“关系世道风化，惩戒善恶，涤虑洗心”的社会效果的说教，认为“笑笑生作此传者，盖有所谓也”。这就等于明确地宣布《金瓶梅词话》在中国小说史中无论在形式上还是内容上都属于划时代的作品，它突破了过去传统的说或唱、或连说带唱的“平话”形式，突破了宋代以来的“说话人”的“四家数”在内容上的局限，开创了作家独立思考、选择题材、塑造人物和倾注批判的见解，成就了第一个小说作家，成为影响远大的小说作品。欣欣子在序文里说的这些话，实际就是作者笑笑生的创作宣言。那么，我们就不能不考虑到欣欣子实际是不存在的，他只能是笑笑生的化身来向读者交代创作意图。

再其次，而且是更加重要的现象是，作者不单读过上面举出的九个作品，而且吸收其中可供汲取的有用成分，加以融化，使其以一个完全崭新的场景出现。例如，一个男人周旋于许多妇女之间的情节，就是受到诸如《怀春雅集》等书的影响，以生花之笔点铁成金。特别是不少的床笫间的具体描写，竟直接袭自《如意君传》①，大量掇拾前人成果，为我所用，把作品点缀得愈发生姿，而不露斧凿痕迹。诚

---

① 见 Patrick Hanan：“A Study of the Composition & the Sources of the Chin Ping Mei”，PH. D. dissertation，*School of the Oriental & African Studies*，London University，1960. 此文有丁贞婉译《〈金瓶梅〉所用的资料》，刊台湾省《出版与研究》第 15 及 16 两期，1978 年 2 月。

如沈德符所说“闻此为嘉靖间大名士手笔”，非大手笔是没有这种雄心壮志和气魄的。

郑振铎先生推测“欣欣子便是所谓‘笑笑生’他自己的化身”应该是可信的，然而我们又应该认为这并不只是从“其命名的相类而可知”，而是从更加广泛的方面来确定的。

笑笑生和欣欣子是一个人，即李开先。

有人在欣欣子序文后所署的“书于明贤里之轩”上的“明贤里”三字进行推敲，探索作者。朱星认为明贤里暗指最初刊行《金瓶梅》的“吴中”。① 张远芬认为明贤里暗指《金瓶梅词话序》里欣欣子称作者是“兰陵笑笑生”的“兰陵”，也就是山东省峄县（今枣庄市峄城区），并且举《南史》的《齐废帝东昏侯本纪》里的“废帝东昏侯讳宝卷，字智藏，明帝第二子也。本名明贤，明帝辅政改焉”为证，因为南齐皇族萧氏的祖籍是山东兰陵。②

我对于明贤里空间在哪里的看法是很简单的，也不用绕弯子，以免博得“生拉硬凑、穿凿附会”之讥，认为就是章丘县（今济南市章丘区），即李开先的故乡。李开先在《山西按察司佥事前监察御史龙溪乔公合葬墓志铭》③ 里说：

> 夫是墓也，女郎之央，淯河之旁，葬吾龙溪乔公而戴孺人同之者也。祖墓原在明贤之乡，龙山之疆，已葬孺人，而今迁之者也。

---

① 见朱星《〈金瓶梅〉的版本问题》，《社会科学战线》1979 年第 2 期。其后，收入朱星《金瓶梅考证》，百花文艺出版社，1980 年 10 月。

② 见张远芬《新发现的〈金瓶梅〉研究资料初探——兼与朱星先生商榷》，《徐州师范学院学报》1980 年第 4 期。其后收入张远芬《金瓶梅新证》，齐鲁书社，1984 年 1 月。

③ 见李开先《闲居集》卷七《墓志》。

乔岱，字希申，号龙溪，生于明宪宗成化十四年戊戌（1478），卒于明世宗嘉靖十一年壬辰（1532）。李开先和他不只是世交，还有莫逆之谊。李开先在罢官归里之前，曾经写信给他说："自登仕籍，故园久荒，云冷石床，藤交瓮牖，海鸥不下，野鹤见猜，不日归来，词林雅会，能预为置一坐榻乎？"① 这足以看得出两个人之间的关系非同寻常。实际这个非同寻常的关系除了是世交、挚友和同官，还有他们两家都是先世迁徙到章丘县的同乡近邻，所以李开先连他家的祖墓在明贤之乡都了若指掌。

李开先假欣欣子之名给自己的另一个化名笑笑生的《金瓶梅词话》写序。在许多的语句里都暗指出作者的时代特征、创作主旨和他是哪里的什么人的谐隐，连一个作为指示剂的"明贤"都塞到序后的署名之下，可见他虽隐名而还是希望其名终会在后世得以大白于天下的用心之苦。

至于说笑笑生是兰陵②人，则恐怕属于声东击西的遮眼法，其猾狯有如是者。欣欣子序所引述作品列表如下：

	剪灯新话	效颦集	钟情丽集	怀春雅集	秉烛清谈	于湖记
百川书志	剪灯新话 四卷 附录一卷	效颦集 三卷 赵弼	钟情丽集 四卷 玉峰主人	情春雅集 二卷 卢民表	秉烛清谈 五卷廿七篇 周礼	张于湖误 宿女观记
赵定宇书目	剪灯新话 因话一本	效颦集 二小本			秉烛清谈 一本	
宝文堂书目	剪灯新话	效颦集旧刻	钟情丽集	怀春雅集	秉烛清谈	张于湖误 宿女观记

① 见李开先《闲居集》卷七《墓志》。

② 《酉阳杂俎》"兰陵老人"条：兰陵，长安里名。

（续）

	钟情丽集	怀春雅集	张于湖
国色天香	卷九钟情丽集上 卷十钟情丽集下	卷四寻芳雅集?	卷十张于湖传
万锦情林	卷一钟情丽集	卷六传奇雅集?	卷一张于湖记
风流十传	卷一钟情丽集	卷七融春集	
燕居笔记甲	卷三钟情丽集上 卷四钟情丽集下	卷九怀春雅集上 卷十怀春雅集下	卷九 张于湖宿女贞观
燕居笔记乙	下一卷　钟情丽集	下七卷　怀春雅集	卷七 张于湖宿女贞观记

《金瓶梅词话》里的清河即以嘉靖时期的北京为模型初探[①]

我从《金瓶梅词话》的内容籀绎出来探求作者的线索之一是：作者十分熟谙北京，从而举证他笔下的西门庆和西门庆周围的形形色色的人们活动的清河县城实际上是拿明代嘉靖年间（1522—1566），更具体地说，拿嘉靖八年己丑（1529）到二十二年癸卯（1543）间的北京城池作为模式和背景的。我主张李开先是《金瓶梅词话》作者的理由之一正是由于他在这十五个年月间居官北京。

证据是很多的。

其一是作者熟知北京市坊里巷。

这里，我拿明代嘉靖年间张爵撰写的《京师五城坊巷胡同集》[②]和《金瓶梅词话》里出现的清河县城郊地名相互对应。不尽完备的统计证实，能在北京城里找到的市坊、府邸、衙署、寺观的名目竟达五十六处之多，可见是个不同寻常的现象，它说明作者对于北京的地理

---

① 魏子云先生有文主张书中清河县实为当时的北京，且称“对海有人亦主此说”，指的就是我，今草此文以表渴想之忱。

② 明嘉靖三十九年庚申（1560）原刊本待觅。今所见者，有1936年国立北平研究院史学研究会编《北平史迹丛书》第二种，1935年12月排印本及1982年北京古籍出版社排印本。见附图一。

环境了如指掌。

现在把这些名目逐一列举如次[①]，然后再加以分析：

（1）臭水巷：7/2a；（2）半边街：7/3a；（3）猪市街：7/5a；（4）报恩寺：8/10b，47/1b，63/5a；（5）勾阑胡同（东街、勾阑）：11/8b，20/13b；（6）勾栏后巷：13/2b；（7）安庆坊：14/5b；（8）玉皇庙：14/9a，39/3b，63/7b；（9）灯市（街）：15/1b，24/5a，42/4a，43/8a；（10）西山：19/9b；（11）皇城：20/7b；（12）惜薪司：20/8a，23/5a；（13）马房：24/6b；（14）白塔：33/5b；（15）兵部洼：33/7a；（16）牛皮小巷：33/10a；（17）牛皮街：33/11a；（18）皇木厂前街：34/5b；（19）皇木厂后街：34/5b；（20）磨[②]子营：36/3b；（21）牛皮巷：37/6a；（22）石佛寺：37/11b；（23）牌坊：39/6a；（24）观音寺、观音庵：39/11b，50/1a；（25）地藏庵：40/2a，83/1a；（26）法华寺：40/2a；（27）慈惠寺：48/3a；（28）王府井：49/6b；（29）二条庵：51/6a；（30）四眼井：51/15b，61/22a；（31）手帕巷：51/21a；（32）平康巷：55/11a；（33）青水巷：55/11a；（34）十市街坊：57/4b；（35）石桥儿巷：58/2a；（36）王皇亲家宅：58/2b；（37）头条巷：61/22a；（38）二郎庙：61/22a；（39）三转桥：61/22a；（40）土地庙：61/25a，79/18a；（41）真武庙：61/25a；（42）五岳观：62/2b；（43）宝庆寺：65/4a；（44）同仁桥牌坊：68/18ab；（45）王家巷：68/18a；（46）大悲庵：68/18b；（47）顶上：69/3a，79/19b；（48）扁食巷：69/4b；（49）双狮：70/8a；（50）马台：70/8a；（51）銮驾库：71/6b；（52）造釜巷、造府巷：71/9b，71/10b；（53）弘化寺：76/18a；（54）兵马司：76/20b；

---

① 斜杠前数码表示《金瓶梅词话》回数，后数码表示叶数；a指上半叶，b指下半叶。

② “磨”字误，应作“蛮”字。

（55）细米巷：90/8b；（56）水月寺：96/9a。

一、市坊

在明代，北京城市的地理区域和市政管理是统一的。即将全城面积分为若干坊，坊下又分为若干牌，牌下的基层单位叫作“铺”。例证可见《金瓶梅词话》第三十四回所述报单上写的“牛皮街一牌四铺总甲萧成”的由头。北京里巷用“牛”字命名的很多，大都是穆斯林的聚居区，如牛街、牛圈、牛房、牛排、牛犄角、牛角湾、牛肉湾、牛角胡同、牛血胡同、牛肚大院和牛毛大院等。其中有的可能是由于里巷的地形得名的，如牛犄角；有的又可能是由于居民的行业得名的，如牛圈和牛房。

这里且举几个例子做些分析。

（一）猪市街

试读《金瓶梅词话》第七回叙说西门庆由媒婆薛嫂儿陪伴着到杨家相看南门外贩布杨宗锡的寡妻孟玉楼时说：“打选衣帽齐整，袖着插戴，骑着大白马。玳安、平安两个小厮跟随，薛嫂儿便骑驴子，出的南门外，来到猪市街，到了杨家门首。”

按：张爵《京师五城坊巷胡同集》记：正南坊有猪市街。注云：“在新城中门里，天地坛西。”正南坊在北京内城南面正中城门正阳门外迤南。注称“新城”指的是在嘉靖二十九年庚戌（1550）在内城之南扩建的外城，“新城中门”指的是外城南面正中城门永定门。“天地坛”即天坛和地坛①，猪市街正在二坛之西。这条街一直保存到今天，不过街名改称为“珠市口大街”了。《金瓶梅词话》里说杨家在南门外的猪市街显然是把北京的地名安置到清河县去的移花接

① 地坛后移至内城安定门外之东，原址改为先农坛。

木手法。

（二）勾阑胡同

试检《金瓶梅词话》第十一回叙说西门庆等十个金兰弟兄在花子虚家会茶摆酒时，叫了两个妓女在席前弹唱，一个是勾阑后巷的吴银儿，一个是勾阑二条巷的李桂姐。第十三回叙说西门庆初次在花子虚家和李瓶儿见面后，相伴花子虚到勾阑后巷给吴银儿做生日。第二十回叙说西门庆和应伯爵、祝日念在常时节家饮酒后，三人“把马径往东街勾阑那条路来了，来到了李桂姐家”。

按：张爵《京师五城坊巷胡同集》记：黄华坊有勾阑胡同。黄华坊地为今天北京东城区东四牌楼迤东至南小街街西，再向南延至建国门大街，向西走向至东单牌楼折而北行，回到东四牌楼的一个长方形地区，这便是明代的秦楼楚馆范围，叫作“东院”。直到现在还保留着“演乐胡同”和“本司胡同”两个明代地名未变。演乐胡同一望可知是歌妓乐工聚集之所。本司胡同的“本司”系指教坊司而言。只是粥粥群雌的大本营勾阑胡同由于北洋军阀时期的外交部设在那里，嫌其旧名不雅驯，改为“外交部街”了。这倒对于当时奴颜婢膝的媚外卖国外交政策是个反讽。《金瓶梅词话》里所记的勾阑院里的阔绰景象，纵使我们承认作者使用夸张手段，但是显然也非弹丸之地的清河县城所能具有，而非所谓辇毂之下的“首善之区”莫属了。

二、府邸

这里也举两个例子做些分析。

（一）王皇亲家宅

《金瓶梅词话》第五十八回叙说西门庆在七月二十八日正生日那天宴请应伯爵等吃酒，召来杂耍乐工李铭、吴惠、郑奉等吹打弹唱做百戏，不想答应的节级只换来了齐香儿、董娇儿和洪四儿三个唱的，单单郑月儿被王皇亲家宅叫了去，没有来。把西门庆气得吩咐玳安儿："你多带两个排军，就拿我个侍生帖儿到王皇亲家宅内，见你王二老爹，就说是我这里请几位人吃酒，这郑月儿答应下两三日了，好歹放了他来。倘若推辞，连那鸨子都与我锁了，墩在门房儿里。这等可恶！"作者把个气焰万丈的"伏地皇帝"刻画得淋漓尽致。

按：张爵《京师五城坊巷胡同集》记：南薰坊有王皇亲宅和钱皇亲宅。南薰坊地为当北京东城区正阳门内街东至天安门前折而向东，迤东单牌楼转南抵崇文门，再折而向西至正阳门的一个长方形地区。其地紧邻紫禁城南墙，多为各部衙署所在，此外便是少数王公贵戚的府邸。清河县里焉得有王皇亲宅？《金瓶梅词话》里的王皇亲宅只有在北京才找得到踪迹。

（二）王府井

《金瓶梅词话》第四十九回叙说西门庆为了奉承巡按御史蔡攸到他宅里饮宴，特意叫了韩金钏和董娇儿两个唱的侍酒。西门庆戏谑她们说："他南人的营生，好的是南风，你每休要扭手扭脚的。"董娇儿道："爹，你老人家'羊角葱靠南墙——越发毛辣'已是了。'王府门首磕了头——俺们不吃这井里水'了。"

这里所说的歇后语"王府门首磕了头——俺们不吃这井里水"只是在北京通用和流行的俏皮话，因为讲的是北京故实，山东清河的土娼嘴里根本说不出来。王府，事实上指的是现在的北京城区最繁华的街道王府井大街和王府大街东西一带的地域。

按：张爵《京师五城坊巷胡同集》记：澄清坊有十王府、甜水井。十王府，今天已经无法觅得踪迹，但是从目前保存下来的街道名称仍旧足以推测明代府邸的确集中在这里，如霞公府、大阮府、小阮府、佟府夹道、帅府园等地。民间传说，北京原是一片苦海，直到海水退到天津、塘沽和大沽，才变成陆地。也就由于这种地质变动，北京的地下水大都含有各种矿物质杂质，其味苦涩，但是单单王府井和王府大街等处的井水甜洌无比。元、明以来的居民竟相汲取这里的井水，直到现在，王府井大街的西面还有大甜水井和小甜水井两条胡同。

三、衙署

这里还是举两个例子做些分析。

（一）兵马司

《金瓶梅词话》第七十六回叙说西门庆在家宴请刘内相时，因有王三官陪坐，没有呼唤他和王三官争宠的妓女李桂姐侍席，所以在散席之后嘱咐妓女郑爱月儿“你明日就拉了李桂姐，两个还来唱一日”。那郑爱月儿明白个中究竟，笑着回答：“爹，你‘兵马司倒了墙——贼走了’。”话里是在讥讽西门庆不愿意和王三官与李桂姐的三角关系暴露在大庭广众之间。兵马司是明代的警卫首都北京的衙署，既是公安机关，又是司法机关，它负责缉捕，也关押罪犯。这就是在明代北京流行的俏皮话“兵马司倒了墙——贼走了”的出处。郑爱月儿嘴里的“贼”暗喻王三官。

按：张爵《京师五城坊巷胡同集》记：仁寿坊有中兵马司，思城坊有东城兵马司，咸宜坊有西城兵马司，宣南坊有南城兵马司，昭回靖忠坊有北城兵马司，总称“五城兵马司”。① 现在北京西城区和宣武区（现已合并入西城区）还保存下来兵马司街道的旧名，当即明代东城、西城和南城兵马司的故址所在。清河县城弹丸之地，不可能有兵马司的建置，县里的普通居民，特别是处于社会底层的土娼更不能想象得到会说饱含北京本地风光和独特表现方式的俏皮话。《金瓶梅》

---

①　见《明史》卷七十四《职官三·五城兵马司》。

的作者熟知北京行政体系，故意“错把扬州作汴州”。

（二）惜薪司

《金瓶梅词话》第二十回叙说丫鬟玉箫戏谑李瓶儿说：“六娘，你家老公公当初在皇城内那衙门来?”李瓶儿道：“先在惜薪司掌厂，御前班直，后升广南镇守。”玉箫笑道：“嗔道你老人家昨日挨的好柴!”这里，玉箫联系到前一天西门庆生李瓶儿嫁给蒋竹山的气，抽了她几马鞭子的事，用“惜薪司——好柴”来调侃李瓶儿，因为惜薪司是掌管宫里柴炭的衙门，柴炭均系精选的上品。玉箫说的“好柴”指的是李瓶儿挨西门庆抽鞭子。

按：张爵《京师五城坊巷胡同集》记：积庆坊有惜薪司北厂，金城坊有惜薪司西厂，宣化坊有惜薪司南厂。至于单独未见惜薪司东厂的原因，则是由于澄清坊设有柴炭厂和运薪厂。直到今天，北京西城区西安门大街路南还保存下来的惜薪司胡同就是明代积庆坊的惜薪司北厂。

这里必须指出，《金瓶梅词话》写的是宋代清河县里发生的故事，清河县固然不会有皇家御用的惜薪司，而且宋代又根本没有惜薪司这个衙署，可见作者写的是明代的情况。宋代的制度仅有内柴炭库，职掌诸薪炭以给宫城及宿衙班直军士薪炭席荐之物。① 惜薪司是明代京城独有的衙署建置。②

此外，如第三十四回提到的皇木厂③，第七十一回提到的銮驾库④，也都属于明代京城的衙署之类，同样的事例和名称还有不少能

---

① 见《宋史》卷一百六十五《职官五·内柴炭库》。

② 见《明史》卷七十四《职官三·惜薪司》。

③ 见明张爵《京师五城坊巷胡同集》记正东坊有木厂儿。按：明代宫廷所用建筑木材多由南省经运河送至北京，因而皇木厂置于东郊，即今公主坟、八王坟、架松和二闸一带。厂占地域甚大，今犹有皇木厂前街、皇木厂后街和厂东门等街道名称。

④ 见《京师五城坊巷胡同集》记南薰銮驾库。按：宋代无銮驾库之称，有属殿中省尚辇局。銮驾库是明代建置。

够在《金瓶梅词话》里找到。

四、寺观

谈到寺观，在《金瓶梅词话》里能够找至明代嘉靖间不在少数的北京寺观名称，而且有不少的寺观一直保存到现在，还有的是虽然寺观旧址已经颓圮，但是因以得名的街道依然一仍旧贯未变。

这里也举两个例子做些分析。

（一）白塔

《金瓶梅词话》第三十三回叙说潘金莲勒掯着陈经济唱小曲儿，因为她攥着那小伙失落的开楼门的钥匙，说："只说你会唱的好曲儿，倒在外边铺子里唱与小厮听。怎的不唱个儿我听？今日趁着你姥姥和六娘在这里，只拣眼生好的唱四个儿，我就与你这钥匙；不然，随你就跳上白塔，我也没有！"

按：张爵《京师五城坊巷胡同集》记：河漕西有白塔寺。这座白塔寺毫无疑问地是潘金莲指的那座白塔，清河县根本没有白塔。在明代的北京城里也只有一座白塔，那就是今天仍旧保存完整的西城区阜成门内的白塔寺。这个庙始建于辽道宗寿昌二年丙子（1096），元世祖至元八年辛未（1271）重修，改名"大圣寿万安寺"，明英宗天顺二年戊寅（1458）又改名"妙应寺"，是北京现存的古老庙宇里最为驰名中外的一座。众所周知，今天在北京北海公园的琼华岛上永安寺后也有一座白塔，但是那与潘金莲指的那座白塔毫无关系，因为不单是在明代那个琼岛属于禁苑范围之内，居民没有条件登临随喜，更重要的理由是，那座白塔始建于清世祖顺治八年辛卯（1651），在明代根本就不存在。

（二）土地庙、真武庙

《金瓶梅词话》第六十一回叙说李瓶儿患病时，吴月娘促西门庆派人到周守备府里打探推算过李瓶儿年交二十七时命犯血光之灾的吴神仙的行止，回报："那里说：'吴神仙云游之人，来去不定。但来，只在城南土地庙下，今岁从四月里往武当山去了。要打数算命，真武庙处有个黄先生，打的好数，一数只要三钱银子，不上人家门去。一生别后事，都如眼见。'"西门庆随即使陈经济拿三钱银子径到北边真武庙门首抄寻到黄先生家门打了一纸大为不利的数。

按：张爵《京师五城坊巷胡同集》记：崇北坊有土地庙，日忠坊有真武庙。崇北坊在崇文门外，正是内城之南。日忠坊在内城北墙角下，正是内城之北，方向和位置都与《金瓶梅词话》里的描述相合。至于清河县呢，倒是有一座土地祠，然而是坐落在城内北面的县署的大门和仪门之间的。真武庙则根本没有。[①] 这就更足以证明《金瓶梅词话》第六十一回描述的清河县城里的土地庙和真武庙实际都是作者把他所熟知的北京寺观安到清河县城的移山倒海之术而已。

《金瓶梅词话》里把北京的寺观借用和移置到清河县城里，在这儿无须一一列举，以上二例已足。但是，也还有几个耐人寻味的现象附带在这儿说明一下。一个是第八回里西门庆拿了数两散碎银钱和二斗白米斋衬，教王婆从报恩寺请了六个和尚，在潘金莲家做水陆道场超度武植冤魂。据《忠义水浒全传》第四十五回，报恩寺是在病关索杨雄、潘巧云夫妇的家乡苏州郊外的翠屏山上，而据张爵在《京师五城坊巷胡同集》里的记载，则北京北居贤坊有座报恩寺，这座庙宇应在今天北京市的东城区北新桥附近，显见《金瓶梅词话》里的报恩寺指的是北京的报恩寺，而非《忠义水浒全传》里苏州的报恩寺。这就

① 今见《清河县志》仅有清光绪九年癸未（1883）知县黄汝香根据康熙十六年丁巳（1677）知县卢士杰纂修的旧志重修之本。除原刊本外，有台湾省台北市成文出版社影印原刊本的《中国方志丛书》本。见附图二、三。

是我说的作者的“移山倒海之术”。另一个是第六十九回里文嫂到王招宣府给西门庆和林太太做撮合山时说“赶腊月要往顶上进香”的话。如果确定北京是清河县的化身，那么这里的“顶上”便应该是北京城西北方向约八十里的金顶妙峰山，山上有著名的天仙圣母碧霞元君庙。民间传说碧霞元君是东岳泰山神的女儿，泰山有玉女碧霞元君祠，明代成化年间扩建为玉女碧霞元君宫，弘治年间改称“灵应元君宫”，到嘉靖年间又恢复为碧霞元君宫。从《金瓶梅词话》里看来，以北京远郊的妙峰山为宜，因为北京人一向把到妙峰山进香叫作“顶上进香”。泰山距离清河县则嫌远了一些。然而，北京人“顶上进香”的会期亦即妙峰山开定例是从农历四月初一的碧霞元君诞辰到十五日，则又和“赶腊月要往顶上进香”的话发生时间上的矛盾，而和第八十四回说吴月娘在“秋云淡淡，寒雁凄凄”的“天寒日短”时节到泰山登盘上顶瞻礼碧霞宫娘娘金身的故事相应。只好两种解释并存了。

清河县不单是一座很小的城池，而且是一座很特殊的城池。城垣不同于大多数的正方形，竟是椭圆形的，东西长，南北短。城垣只有东门、西门和南门，没有北门，这是由于北面邻近黄河故道的缘故。由于这个原因，不单城内没有交叉于城内中心点的十字街，而且东门和西门也不在一条直线上。县治没有按照惯例坐落在东街的北面，而是建筑在城垣的正北方向。清河旧城周九里，系宋代元祐六年辛未（1091）所建。该处地多斥卤，修筑困难，复因兵燹相继，日渐荒凉。《清河县志》记载说：“环城以内，寥寥数十家，官舍民居，颓陋且相等。”① 明代正德七年壬申（1512）改建的新城向旧城偏东略南方向移动，面积较之旧城更小，周仅三里。这也应该是明代嘉靖年间

① 见《清河县志》卷一《建置》。

（1522—1566）的面貌。

拿这个真正的清河县面貌对照一下《金瓶梅词话》里描述的清河县景况，其差数之大是无法计算的。说它实际是作者写的北京城当然不言可喻。

（原载《中外文学》第18卷，1989年第2期）

附图一　明嘉靖间北京地图

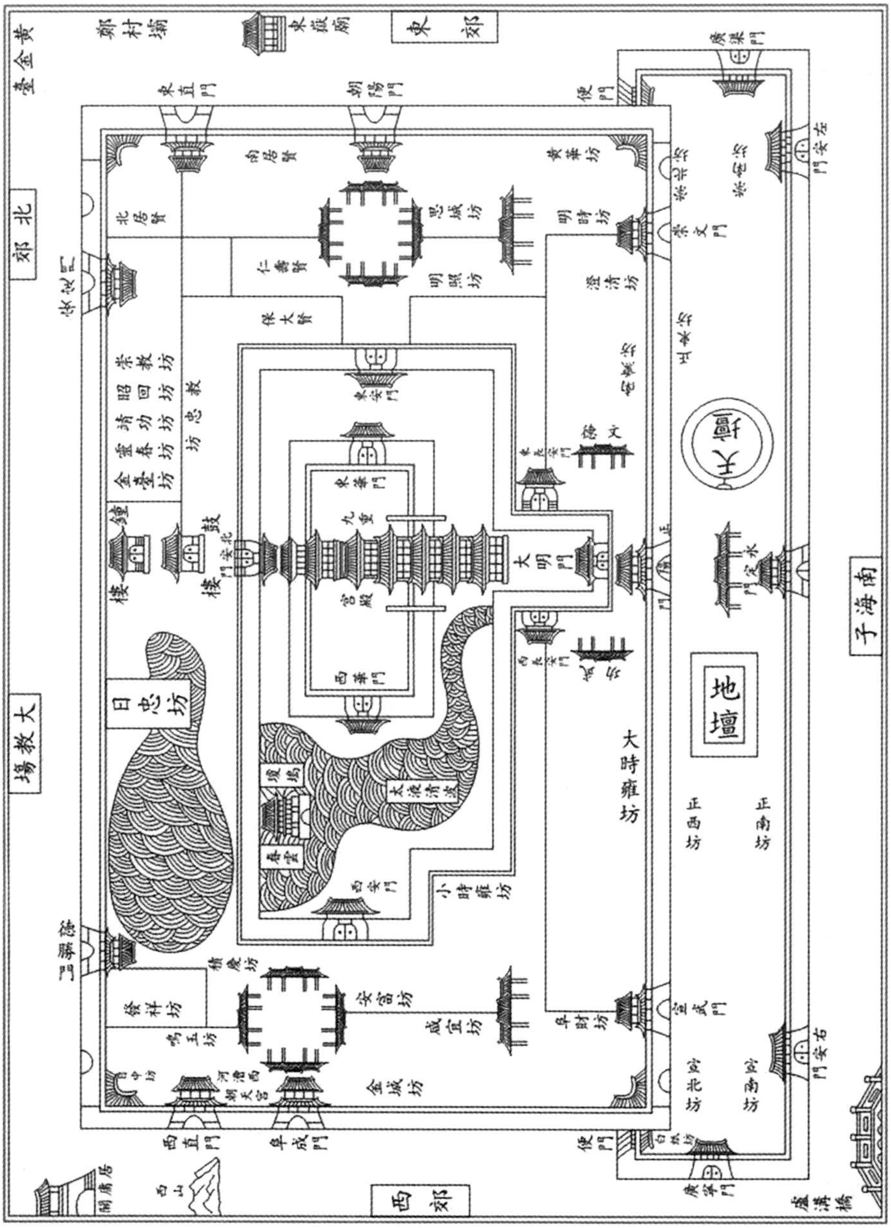

附图二

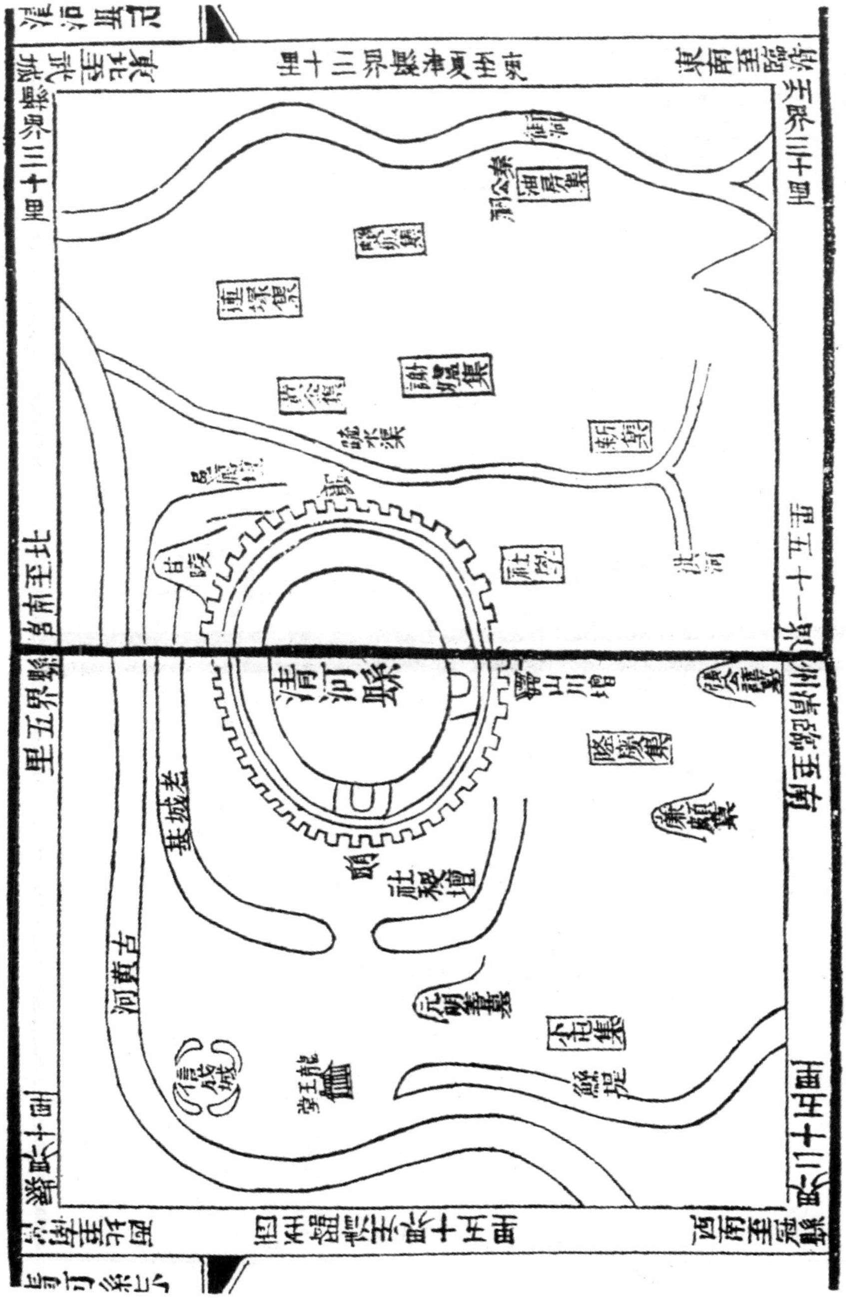

附图三

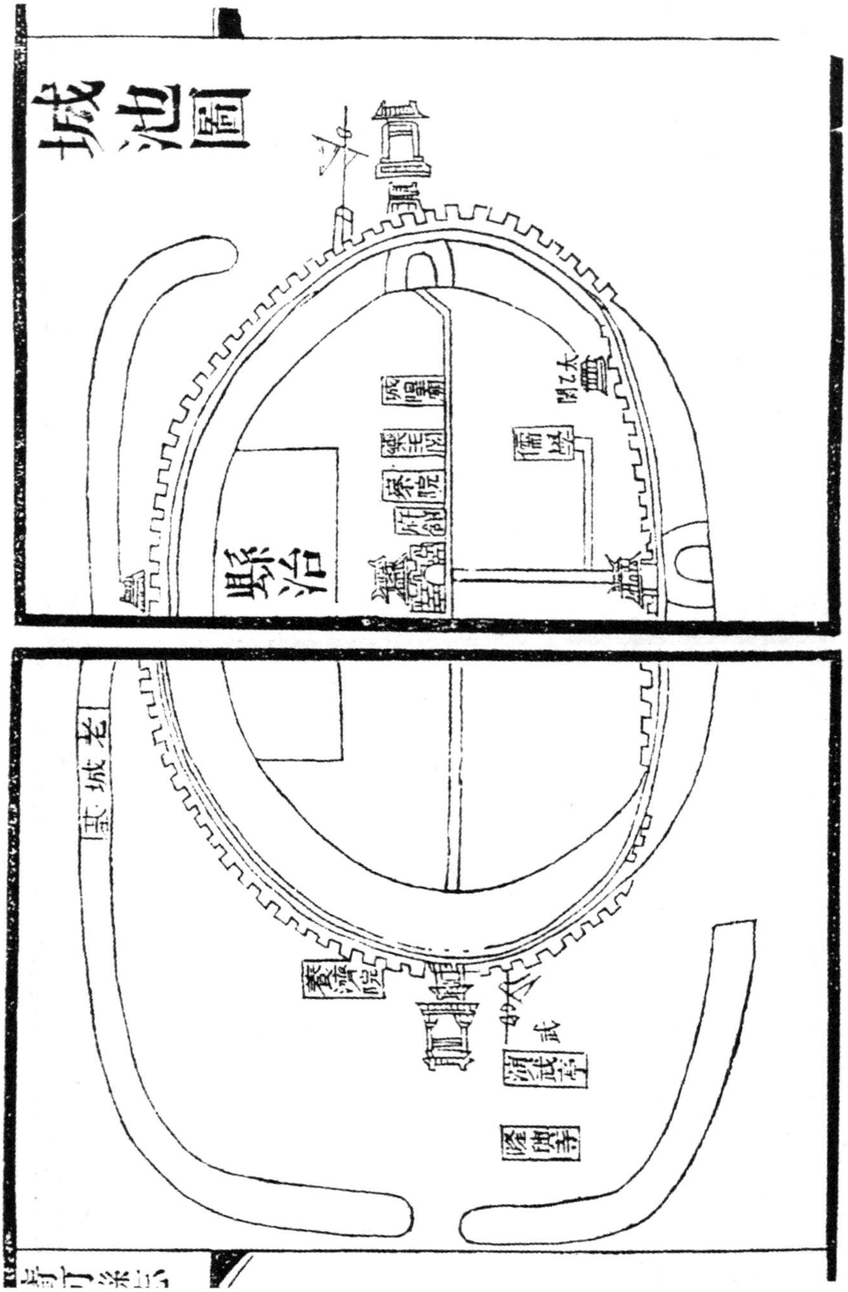

《金瓶梅词话》和李开先的家事与交游

作为一个作家，特别是小说作家，不可避免地，他总会把所生活的社会、他个人的生活经验和体会、他所接触的人和事，以及他自己，有意识或无意识地，在他的作品里体现出来。

《金瓶梅》的作者李开先也不能例外。

这里，我们举出几个例子来说明。

第一类例子是关于李开先个人的经历的。他平生最引以为憾的事是正当他在官途中一再迁升、春风得意的时期①，没有想到突然飞来奇祸，在世宗嘉靖二十年辛丑（1541）四月皇家的宗庙②发生了火灾。③ 他作为太常寺少卿，不幸成为替罪羔羊，被当政的宰辅夏言（1482—1548）投劾罢免。又二年，即嘉靖二十二年癸卯（1543），他

---

① 李开先在嘉靖八年己丑（1529）进士及第，时年二十八岁。同年便任户部云南司主事，正六品，嘉靖十二年癸巳（1533）改吏部考功司主事，仍正六品。嘉靖十四年乙未（1535）转吏部功司员外郎，晋从五品。嘉靖十五年丙申（1536）升吏部稽勋司郎中，晋正五品。嘉靖十七年戊戌（1538）调吏部验封司郎中，仍正五品。嘉靖十八年己亥（1539）又调吏部文选司郎中，仍正五品。嘉靖十九年庚子（1540）升提督四夷首少卿，晋正四品。

② 嘉靖十五年丙申（1536）十二月，九庙成。九庙祀太祖朱元璋、成祖朱棣、仁宗朱高炽、宣宗朱瞻基、英宗朱祁镇、宪宗朱见深、孝宗朱祐樘、武宗朱厚照和睿宗朱祐杬（嘉靖帝生父）。

③ 见《明史》卷十七《世宗本纪一》。

被正式免官，回到山东章丘原籍闲居。[1] 按照制度，夏言应负其咎，他自己心里也明白，所以曾经奏请免官，但是由于当时他在病中，世宗不许。[2] 李开先只好自行请罪[3]，但当时在朝廷上是有不同意见的，翟銮便是一个。[4] 他的老师霍韬和夏言关系不好，也一直为他鸣不平[5]，然而终究未能挽回他的危运，李开先还是落得个“断送功名到白头”的不幸命运。

在当时的历史条件下，“学而优则仕”是读书人的唯一出路，可以借此扶摇直上，结志于青云而名利兼收；一旦宦途失意，便会陷于万劫不复的悲惨境遇。李开先无辜受枉，当然对夏言恨之入骨，他会在许多作品里发泄他的愤怒。如他在《九子诗》里称赞刘绘说：“夏相昔贪纵，独能发其奸。”[6] 在《国朝辅弼歌》里批评夏言“纳贿招权夏公谨”[7]。甚至于在他听到夏言在嘉靖二十七年戊申（1548）被杀的消息时，还写了一首《门闻夏桂洲凶报》的七言律诗，念念不忘夏言给他造成冤案：“驱犊躬耕今几秋，久忘帝里旧豪游。少年知己如星散，往事伤心付水流。袖内不藏新谏草，灯前时补敝貂裘。上方

---

① 见雷礼《国朝列卿纪》卷一百三十八。

② 见《明史》卷一百九十六《夏言传》：“九庙灾，言方以疾在告，乞罢，不允。”

③ 见李开先《闲居集》卷八《诰封宜人亡妻张氏墓铭》：“辛丑，九庙灾，余乃投劾罢免。”

④ 见李开先《闲居集》卷九《亡妻张宜人散传》：“庙灾，上疏乞休。夏相拟旨如疏。翟石门苦争，以为‘不止东方才，宜留之壮观班行’。力不能夺，垂涕从之。”

⑤ 见李开先《闲居集》卷七《太子少保礼部尚书谥文敏渭厓霍公墓志铭》：“予为公门下士，文固不敢辞，亦不当辞；使公素与夏相有隙，其间讥诮之语、弹劾之疏，欲稍为删之，而诸子不肯从，数次催文，竟未及应。”

⑥ 见李开先《闲居集》卷一五言古诗。

⑦ 见李开先《闲居集》卷一七言古诗。

有剑何须请，相国惊闻沥血头!”① 可见其怨毒之深。

《金瓶梅》里所写西门庆攀援的权奸蔡京，我认为并非影射嘉靖年间的严嵩，而是夏言。关于这个问题，我在另一篇文章里将详细论列。李开先居宦时，严嵩的羽毛尚未丰满；李开先乡居后，严嵩还参与了弹劾夏言的行列；李开先和严嵩之间并没有什么恩怨，不可能在小说里众恶归之。最明显的证据是把《金瓶梅》第四十八回里叙述蔡京奏行七事的本章文字拿来和《明史》卷一百九十六《夏言传》里夏言的言事文字比较一下，便可以清楚地看得出来二者何以相似乃尔了。更有意思的是，夏言的从父夏旸号葵轩，是个曲家，有一部散曲集《葵轩词余》行世。《金瓶梅》里的一个猥琐的人物叫作“温葵轩”，看来恐怕也是李开先故弄狡谲来挖苦夏言家里的人吧。

应该提出，亡友杜璟（颖陶）曾经质疑《金瓶梅》的蔡京影射的是明代的钱岱。② 他虽然没有写成文章论列，但是显然他不同意影射严嵩的主张。

第二类例子是李开先家里的人和事件。

先谈人物的影子。

一、吴月娘

《金瓶梅》第二回里叙述吴月娘是西门庆的继室时说：

> 先头浑家是早逝，身边止有一女，新近又娶了清河左卫吴千户之女填房为继室。

① 见李开先《闲居集》卷三七言律诗。

② 见陈墨香《说〈金瓶梅〉传奇零折旦剧第一》，《剧学月刊》三卷九期，1936 年 9 月。

又，第三十三回记吴月娘因登楼失足动了五个月的胎气，找刘婆子服药安胎的事：

> 婆子于是留了两服大黑丸子药，教月娘用艾酒吃，那消半夜，吊下来了，在杩桶内。点灯拨看，原来是个男胎，已成形了。

又，第七十三回记薛姑子把安胎气的衣胞符药给潘金莲的事：

> 你看后边大菩萨（指吴月娘），也是贫僧替他安的胎，今也有了半肚子了。

李开先《闲居集》卷三七言律诗有《寄继内》一首，说：

> 娶妻娶德非专色，吾娶齐东两得之。勤俭有如贫士女，家风克称太常妻。非恩无以怀诸婢，不妒方能处众姬。前子虽殇今有望，母仪胎教汝须知。

这首诗是他写给他的第二个妻子王氏的。原来他在嘉靖二年癸未（1523）和张氏结婚。张氏卒于嘉靖二十六年丁未（1547），终年四十三。似乎他在同年便继娶了，这位继内便是王贡[①]的长女。王氏在嘉靖二十七年戊申（1548）十一月八日生了一个男婴，这便是李开先的长子郭苏。郭苏在嘉靖二十九年庚戌（1550）闰六月二十八日殇，活

① 见李开先《闲居集》卷七墓志《南顿巡检古泉王君合葬墓志铭》。

了不到三年。[①] 嘉靖三十年辛亥（1551）二月十二日，王氏又生次子九十。[②] 根据这个时间顺序看来，这首《寄继内》只能是写于嘉靖二十九年庚戌（1550）下半年至三十年辛亥（1551）正月之间。诗云“前子虽殇今有望”一方面说的是郭苏之殇，另一方面又说明了王氏已经怀了第二胎。

我的着意之处在把上面摘引的《金瓶梅》里的三段文字拿来和李开先的《寄继内》进行比较，不但吴月娘继室主妇的家庭地位、宽厚的性格、勤俭的品质和处于众姬间的不妒思想和王氏完全相似，而且两个人的丧子和怀孕的情况也有近似的地方，使人无法排除吴月娘的身上隐藏着王氏的灵魂。

二、李瓶儿

《金瓶梅》第六十二回写李瓶儿之死的前前后后，是全书里极为精彩的片段。作者的笔触洋溢着真挚的激情，包含着丰富的人性，细致地描绘了西门庆和李瓶儿生离死别的悲剧场景。作者赋予了西门庆一个恩爱夫妻式的忠诚丈夫的性格和情感。他想尽方法和措施，不惜一切地挽救李瓶儿的性命；等到绝望之后，他又不惜一切地为李瓶儿的身后做出安排。作者对于李瓶儿弥留前后的性格和情感的刻画宛如一幅重彩工笔巨幅。写她安排后事的情节有条不紊，巨细不遗；写她对西门庆和吴月娘的谆谆告诫和嘱托，深刻地勾勒出一个贤淑妇女的形象，给读者留下同情和惋惜的哀思。至于这一回里出现的许多人物，如家里的姐妹、亲戚和奴婢、宾朋、道士、尼姑，也都为的是烘托场景，陪衬主要人物，创造气氛，并非跳出的无用闲笔。

---

① 见李开先《闲居集》卷三七言律诗《戊申得子志喜》、散曲《悼殇词》。

② 见李开先《闲居集》卷三七言律诗《辛亥生子》、散曲《〈中秋对月忆子警悟词〉序》。

这里，我们不妨看看李开先为悼念他的侍姬张二而作的《侍姬张二诔》①：

侍姬张二，年十八，以嘉靖丁未十一月初四日卒。八日权厝于近游园之北，园在城南三里许。诔曰：

貌美言温，性坚情真。身虽堕落烟花，心则迥出风尘。赞理内政，蔚有令闻。年青而折，莫究厥因。岂尔家之薄福，抑苍苍之不仁？求之于古，盖张真奴其人，惜乎不逢吕祖云！

这岂不就是李瓶儿的写照吗？

又，七律《忆张二》② 云：

花开正值东风恶，嫩蕊红英逐水飘。异症国医难料理，相思歧路转迢遥。娇容不照青铜镜，逸韵无闻碧玉箫。解物伤情变落泪，余香犹染旧鲛绡。

这不单是李瓶儿的写照，而且还抒写了和西门庆同样的追忆之情。③

又，七绝《过张二墓》④ 云：

---

① 见李开先《闲居集》卷一杂体。

② 见李开先《闲居集》卷三七言律诗。

③ 参《金瓶梅词话》第六十六回《翟管家寄书致赙　黄真人炼度荐亡》的超度李瓶儿的荐天榜文以及第六十七回《西门庆书房赏雪　李瓶儿梦诉幽情》和第七十一回《李瓶儿何家托梦　提刑官引奏朝仪》李瓶儿两次入西门庆梦的文字。按："异症国医难料理"句，就张二而言，不知是何致命病症，但就《金瓶梅》描写的李瓶儿的"崩漏之疾"症状，显然是子宫癌。

④ 见李开先《闲居集》卷四七言绝句。又，散曲《四时悼内》之第三套《重九感旧》之"楚江秋"有"虽然有一王，只争少二张"句，亦悼张二者。

枕边遗嘱言犹在，陇上经春雪未消。几欲临风歌楚些，游魂杳杳不堪招。

这又不能不使我们想到《金瓶梅》第六十二回李瓶儿对西门庆的“枕边遗嘱”：“我的哥哥，奴承望和你并头相守，谁知奴家今日死去也。趁奴不闭眼，我和你说几句话儿。你家事大，孤身无靠，又没帮手，凡事斟酌，休要那一冲性儿。大娘等，你也少要亏了他的。他身上不方便，早晚替你生下个根绊儿，庶不散了你家事。你又居着个官，今后也少要往那里去吃酒，早些儿来家，你家事要紧。比不的有奴在，还早晚劝你。奴若死了，谁肯只顾的苦口说你?”也不能不联系到《金瓶梅》里写的李瓶儿“游魂”两次给西门庆托梦的情节。①

李瓶儿的身上充满了张二的影子。

我们还可以举出另外一个足供拿李瓶儿和张二两相比较的材料，那就是在第六十四回里西门庆的同寅守备周秀等九个人吊祭李瓶儿祝文里的几句谀辞：“维灵秀毓闺闱，善淑女红，金玉其德，兰蕙其姿，相内政而有道，主中馈而无阙。重积学而和睦内眷，尊所天而举案齐眉。人愿耆艾，天睎绝奇。正宜同谐鸾琴，何乃啬后而促其期？噫，修短有数也，天厌善类。珠沉璧碎，云惨风悲；扣玄扃而莫启，叹薤露而易晞。”② 拿这祝文和李开先《侍姬张二诔》里的“赞理内政，蔚有令闻。年青而折，莫究厥因。岂尔家之薄福，抑苍苍之不仁”对

---

① 参《金瓶梅词话》第六十七回《西门庆书房赏雪　李瓶儿梦诉幽情》和第七十一回《李瓶儿何家托梦　提刑官引奏朝仪》李瓶儿两次入西门庆梦的文字。

② 见《金瓶梅》第六十四回。这篇祝文用“谨以刚鬣、柔毛、庶羞之仪致奠于故锦衣西门孺人李氏之灵”语，其中的“刚鬣”和“柔毛”固然是作为猪和羊的代词，然而也双关两性名义，并且比喻不伦，显然是作者旨在“反讽”。

照着看，简直是如出一辙。

再谈西门庆家庭里的几件大小事情。

三、西门庆得子官哥

《金瓶梅》第三十回《来保押送生辰担　西门庆生子喜加官》叙述李瓶儿给西门庆生下头大的儿子，正赶上来保和吴主管从东京返回，并且带来了蔡京委差西门庆以金吾卫副千户之职，在清河提刑所理刑的消息。西门庆感到双喜临门，不胜欢快，便把孩子命名“官哥”。官哥降生“时宣和四年戊申六月廿一日也”。①

李开先的头大儿子郭苏生在嘉靖二十七年戊申（1548）十一月八日，他在《闲居集》卷三有《戊申得子志喜》七言律诗咏之：

> 中年得子非为晚，试听啼音喜不尽。入夏结榴今有验，乘春插柳本无心。薄田由后过千亩，古刻堂中值百金。已幸吾生今有托，正当强壮又投簪。

偏偏西门庆的长子官哥和李开先的长子郭苏都生在戊申，这不是偶然的巧合，而是着意的安排。按照《金瓶梅》第五十九回的文字来看，官哥殇于政和七年丁酉（1117）八月廿三日，只活了一年零两个月，这和郭苏殇于嘉靖二十九年庚戌（1550）闰六月廿八日，只活了

---

① 官哥生年在这一回作“宣和四年戊申”（1122），然而这年并非“戊申”，是“壬寅”。第三十九回有两次提到官哥生日：一次是为官哥打醮时念的斋意上作“丙申年七月三日申时”，丙申的合理解释只能是宋徽宗政和六年（1116），比宣和四年壬寅早六年。另一次是斋意上又作“宣和三年正月初九日”，宣和三年是辛丑（1121），也不是戊申；最接近的戊申是南宋高宗建炎二年（1128）。又，第五十九回叙述官哥死后，阴阳徐先生检阅阴阳秘书时则说“哥儿生时八字：生于政和丙申六月廿三日申时”，那么应该以宋徽宗政和六年（1116）为是。

一年零八个月也相差无几，足见李开先是远指近譬，有心在安排李瓶儿丧子的悲剧里寄托了怀念自己亡儿的哀思。

应该再一次提出，《金瓶梅词话》是根据李开先的原始稿本刻印的，而这个稿本并非李开先的定稿，他在创作的时候信手拈来，意之所至，未遑斟酌，所以不单在时序上出现许多漏洞，就是在不少关键的情节上也有许多矛盾的地方。理解了这个，就不至于陷入胶柱鼓瑟之识了。至于崇祯刊本《金瓶梅》和康熙刊本《第一奇书》，则都是经过了较为细致的加工，填充了原作的一些缺陷，然而不能使人窥知作者的取瑟而歌的用意所在。

四、西门庆于清明节上坟故事

《金瓶梅》第四十八回《曾御史参劾提刑官　蔡太师奏行七件事》里写西门庆自从生了官哥，做了千户，便想光宗耀祖，“从新立了一座坟门。砌的明堂、神路。门首栽的柳，周围种松柏，两边叠的坡峰”。在三月初六日清明上坟祭祖。那天，“出南门，到五里外祖坟上，远远望见青松郁郁，翠柏森森。新盖的坟门，两边坡峰上去，周围石墙，当中甬路。明堂、神台、香炉、烛台，都是白玉石凿的。坟门上新安的牌面，大书‘锦衣武略将军西门庆氏先茔’。坟内正面土山环抱，林树交枝”。从侧面形容了一个暴发户得意忘形的神色。西门庆祭奠完毕，便叫带来的乐工、杂耍、扮戏的“在卷棚内扮与堂客们瞧。两个小优儿在前厅官客席前唱了一回，四个唱的轮番递酒”。

这里，我们不妨读一读李开先的《寒食南庄宴李九河、马南冶、魏东皋、李胡川、黄孔村、李龙塘、胡胡山诸客作》的五言律诗①：

---

① 见李开先《闲居集》卷二。

歌舞出妖童，邀宾场圃中。歌筵留落日，舞袖趁东风。堤柳烟难禁，蹊桃火自红。秋千来野妇，蹴罢首如蓬。

李开先的祖宅在章丘之南[①]五里原的绿原村。他的父亲李淳，字景清，号绿原，见李开先《累赠奉直大夫吏部验封司员外郎绿原显考墓志铭》书“居绿原村，因号绿原”。他的祖茔，据李开先《诰封宜人亡妻张氏墓志铭》说：“茔去村百余步，去城三十余里。北山为主，三起三复而至茔次。前有远山朝拱，右绕飞流，左临大壑，周回百亩，乃宋元以来葬地也。”[②]

西门庆重新建立的祖茔在清河县的南门外五里处，李开先的祖茔在章丘县（今济南市章丘区）南五里绿原村外百余步，如果不是作家故意经营的，那么从《诰封宜人亡妻张氏墓志铭》里对于李氏祖茔的景色描绘上看来，《金瓶梅》里关于西门氏祖茔的描绘则无疑是以李氏祖茔的景色作为蓝本而予以艺术加工的。李氏祖茔残址仍在，虽然翁仲断仆，满目荒凉，但是高冢丰碑和半残石坊依然矗立，可以想见当日风光。

在坟上歌舞是我国传统的习俗，唐宋以来，其风益盛。[③] 因此，《金瓶梅》第四十八回里写乐工、杂耍和扮戏的歌舞串戏和李开先在诗里写“歌筵留落日，舞袖趁东风”的情形，既是仿佛宋代的习俗，也是明代习俗的纪实。

五、西门庆的书童装扮旦角

《金瓶梅》第三十五回《西门庆挟恨责平安　书童儿妆旦劝狎

① 见李开先《闲居集》卷八墓志《封太宜人先母墓志铭》：“先大夫为庠生，居城市，日用仰给于南村；时有不足处，母自凑补之，不令先大夫知也。”又，卷九墓表《先大父处士墓表》：“（李聪）葬于村南祖阡。”

② 见李开先《闲居集》卷八墓志《诰封宜人亡妻张氏墓志铭》。

③ 见唐封演《封氏闻见记》卷六《道祭》。

客》里写西门庆在花园的翡翠轩卷棚里约应伯爵、谢希大和韩道国小酌，应伯爵“因见书童儿斟酒，说道：‘你应二爹，一生不吃哑酒。自夸你会唱的南曲，我不曾听见，今日你好歹唱个儿，我才吃这钟酒。’那书童才待拍手着唱，伯爵道：‘这个，唱一万个也不算。你装龙似龙，装虎似虎，下边搽画妆扮起来，相个旦儿的模样才好。’那书童在席上把眼只看西门庆的声色儿。西门庆笑骂伯爵：‘你这狗材，专一歪斯缠人！’因向书童道：‘既是他索落你，教玳安儿前边问你姐要了衣服，下边妆扮了来。’玳安先走前边金莲房里问春梅要，春梅不与。旋往后，问上房玉箫要了四根银簪子、一个梳背儿、面前一件仙子儿、一双金镶假青石头坠子、大红对衿绢衫儿、绿重绢裙子、紫销金箍儿。要了些脂粉，在书房里搽抹起来，俨然就是个女子，打扮的甚是娇娜。走在席边，双手先递上一杯与应伯爵，顿开喉音，在旁唱【玉芙蓉】”。

作者在这里着意刻画应伯爵这个帮闲蔑片捉狭书童的无赖行径，但是实际上也恰好透露出作者乡居的灿烂生活之一斑。李开先《冬月祖村会客》七言律诗①里就透露出他有和西门庆相同的行径：

> 同游南墅值残年，愧我难称地主贤。歌舞家童妆假妓，笑谈座客总真仙。虽云隐僻乡村远，只恐风流城市传。莫弃卑微轻远别，不时朔雪洒冰天。

六、西门庆在城外永福寺为蔡攸饯行

《金瓶梅》第四十九回《西门庆迎请宋巡按　永福寺饯行遇胡

---

① 见李开先《闲居集》卷三七言律诗。

僧》里写西门庆为了曾上纳三万粮仓钞被派的三万盐引得以早日兑现赢利，于夤缘巡盐御史蔡攸通关节后，在永福寺借长老方丈摆酒饯行。文长不录。

李开先有《再过玉泉寺赠永福长老》五言律诗[①]：

> 闭门诵法华，客至着袈裟。净域多灵迹，恒河少聚沙。一花开五叶，两月演三车。喧寂如相较，在家让出家。

这首诗有些打油气味，似乎对于僧人也不很礼貌。"客至着袈裟"形容这位长老的势利相，而"喧寂如相较，在家让出家"则简直是讽刺了。我们注意的是诗题的"永福长老"，显然与《金瓶梅》里的永福寺的寺名相同；作者只是把真实的寺名"玉泉寺"改称"永福寺"，又把真实的"头戴僧伽帽，身披袈裟"的永福长老换了个"道坚"的法名而已。

李开先又有《廉访使蔡白石过访，奉赠诗》七言律诗[②]：

> 外台肃肃凛秋霜，执法兼余翰墨香。博学堪称周左史，能文再世蔡中郎。伫看北上朝枫陛，暂为东巡过草堂。久别重逢吾已老，羡君年貌尚清扬。
>
> 别后心思耿不忘，少年名誉擅词场。外僚已历两三省，登第今余二十霜。云雾我甘为豹隐，风雷君自效龙骧。会承简命登台辅，赓和明良及柏梁。

当然，蔡白石并不是蔡攸，然而李开先在诗里表现的阿谀和逢迎

① 见李开先《闲居集》卷二。
② 见李开先《闲居集》卷三。

的态度则和西门庆毫无二致。

七、西门庆的妻妾打秋千事

《金瓶梅》里有许多回描写妇女打秋千的片段，这正是反映了当时北方城市和农村妇女的一种游戏和娱乐。打秋千在清代仍旧非常风行，我们在《红楼梦》中还可以看到。自从 20 世纪体育项目逐渐传播到国内来，打秋千便变成儿童的游戏了；然而，它在很多少数民族的地区仍旧保存下去，如东北的朝鲜族和西南的傣族。

这里且举几个《金瓶梅》里描写妇女打秋千的片段来作说明。

《金瓶梅》第二十五回《雪娥透露蝶蜂情　来旺醉谤西门庆》里，开篇的七言律诗就点了西门庆妻妾们打秋千的题：

> 名家台柳绽群芳，摇拽秋千斗艳妆。晓日暖添新锦绣，春风和蔼旧门墙。玉砌兰芽几双美，绛纱帘幕一枝良。堪笑家麋养家祸，闺门自此坏纲常。

紧接着便在正文里叙述吴月娘在“花园中扎了一架秋千，至是西门庆不在家，闲中率众姊妹每游戏一番，以消春昼之困”。其中写孟玉楼和潘金莲合打“立秋千”时说：“当下两个妇人玉手挽定彩绳，将身立于画板之上……正是：得多少红粉面对红粉面，玉酥肩并玉酥肩；两双玉腕挽复挽，四只金莲颠倒颠。”接着是李瓶儿和潘金莲合打“立秋千”，陈经济在下面送得那秋千“飞在半空中，犹若飞仙相似”。下面又是玉箫和惠莲两个打“立秋千”：“这惠莲①也不用人推送，那秋千飞起在半天云里，然后抱地飞将下来；端的却是飞仙一

① 崇祯刊本下增“手挽彩绳，身子站的直屡屡的，脚跐定下边画板”十九字。

般，甚可人爱。”

又，第四十八回《曾御史参劾提刑官　蔡太师奏行七件事》里说到西门庆带着家小出南门到五里外祖坟上祭奠先人时，“潘金莲与玉楼、大姐、李桂姐、吴银儿同往花园里打了回秋千”。这正好说明不单在城内宅里花园扎秋千，在城外坟上花园也扎了秋千，正可见其为当时士庶人家妇女风尚。

又，第八十九回《清明节寡妇上新坟　吴月娘误入永福寺》里写吴月娘在清明节到城外五里原祭扫西门庆新坟时的景致“有诗为证”：

> 清明何处不生烟，郊外微风挂纸钱。人笑人歌芳草地，乍晴乍雨杏花天。海棠枝上绵莺语，杨柳堤边醉客眠。红粉佳人争画板，彩绳摇拽学飞仙。

恰好反映出明代清明时节庶民踏青的情景。

这里，我们不妨把李开先写的有关秋千的诗篇拿来做一比较。

《寒食依岩亭宴客兼观蹴鞠秋千二戏》五言律诗三首中的最后一首①：

> 蹴鞠竞当场，秋千飞出墙。身轻风滚絮，足疾射穿杨。乡俗吾同乐，仕途尔自忙。不尤人不录，何至火相戕。

又，《秋千》五言律诗②：

---

① 见李开先《闲居集》卷二五言律诗。
② 见李开先《闲居集》卷二五言律诗。

索垂画板横，女伴斗轻盈。双双秦弄玉，个个许飞琼。俯视花梢下，高腾树杪平。出游偶见此，始记是清明。

又，《观秋千作》五言律诗有序二首①：

东接回军，北邻大河，庄名大沟崖。清明日高竖秋千数架，近村妇女欢聚其中，予以他事偶过，感而赋诗。

彩架傍长河，女郎笑且歌。身轻如过鸟，手捷类抛梭。树落人烟少，秋千名目多②。从旁观者惧，仕路合如何？

每遇清明节，山南祀祖阡。先期陈俎豆，此日戏秋千。水浅闲舟楫，风轻度管弦。不才甘废弃，随处乐余年。

把《金瓶梅》里和《闲居集》里描写秋千的文字做个比较，便足以看出它们的共同点。如：打秋千的时节是清明和寒食；打秋千的人是妇女；打秋千的技巧有各种名目。又如：秋千架叫作“彩架”，秋千索叫作“彩绳”，秋千板叫作“画板”，都如出一手。更值得注意的是两部书里关于妇女打秋千的姿态描写。《金瓶梅》里形容妇女腾空“犹若飞仙相似”、“端的却是飞仙一般”和“彩绳摇拽学飞仙”。李开先的诗里则具体化为“双双秦弄玉，个个许飞琼”。《金瓶梅》里形容妇女上下摇荡得“飞起在半天云里，然后抱地飞将下来”。李开先的诗里则以“俯视花梢下，高腾树杪平”和“身轻如过鸟，手捷类抛梭”来刻画，这实际是同一种动态的描绘而使用两种艺术手法来表现罢了，都属于同一个作者的思维活动。

---

① 见李开先《闲居集》卷二五言律诗。

② 作者自注：“有‘转立’‘独脚’等名。”《金瓶梅》里说的两人合打的“立秋千”当也是名目中的一种。

八、西门庆死后家道中落的凄凉景象

西门庆死后，家里立刻发生衰败的巨大变化。妾妇星散，奴婢离心，宾朋避席，这种人情冷暖引起沧海桑田般的环境变化，作者在这里做出了深刻的描叙。但是好像闲中着笔的《金瓶梅》第九十六回《春梅游玩旧家池馆　守备使张胜寻经济》里写春梅嫁守备周秀后，地位从奴婢上升为贵夫人，居然不忘旧日恩怨，在西门庆三周年忌日和孝哥儿生日送致吴月娘以一张祭席、四样羹果和一坛南酒表心。吴月娘于是具柬邀请春梅到家便酌，因而春梅像归来的堂前燕子似的重游旧家池馆①，不由回忆往日荣华，而今昔比照，顿兴无穷惆怅的幽思，却是作者的锦心巧思凝聚。这一方面结束前面好几回的人物叙写，另一方面又用沉重有力的笔锋，画龙点睛地描写景色，烘托得情景交融，异常出色。试看：

> 垣墙欹损，台榭歪斜。两边画壁长青苔，满地花砖生碧草。山前怪石，遭塌毁不显嵯峨；亭内凉床，被渗漏已无框档。石洞口蛛丝结网，鱼池内虾蟆成群。狐狸常睡卧云亭，黄鼠往来藏春阁。料想经年人不到，也知尽日有云来。

这一段文字实际是从《水浒全传》里掇拾来的②，“踏破铁鞋无觅处，得来全不费工夫”，作者着实具有“点铁成金”的才能。

李开先在世时，他的精神状态固然并不健康，这主要是他的仕途不得意、乡居不得申志的原因，然而他的生活享用是优越的，甚至是

---

① 这一回的关目在第八十九回《清明节寡妇上新坟　吴月娘误入永福寺》已经伏下一笔。

② 见《水浒全传》第六回描写瓦罐寺和第四十二回描写还道村古寺的文字。

奢侈的，很难产生这种物是而人非的伤感。但是，他伤感了，通过春梅的视角，联想到盛极则衰，则一定存在着客观实际的反馈。这里有一首五言排律《张林镇感旧》① 正好拿来做上列《金瓶梅》里春梅感触的例证。

> 张林数大家，往事太豪奢。镇日歌无歇，终年鼓乱挝。妖童颜似玉，美妓貌如花。居止虽村落，喧哗类县衙。冰盘堆雪藕，玉盏试雷芽。奴有千金产，女乘七宝车。春华惊一散，秋草起长嗟。风动墙无犬，雨多灶产蛙。荒台存石壁，废宅满尘沙。独有庭前树，犹啼旧日鸦。

两者相互比勘，不管同处和异处，都显然是同一作者的经营。

三谈西门庆所接触的人。

九、韩邦奇

《金瓶梅》第六十五回《吴道官迎殡颁真容　宋御史结豪请六黄》里写西门庆受巡按监察御史宋乔年的指点，在宅中宴请为徽宗御苑艮岳迎取卿云万态奇峰的六黄太尉的情节，历数了迎接的大小官员的姓名和职司。其中固然有几个北宋末年的真实历史人物，如山东巡抚都御史侯蒙②、巡按监察御史宋乔年③、山东左布政龚共④和济南府尹张叔夜⑤等人，但是为了刻画六黄太尉的气焰，有意强调迎接官员

---

① 见李开先《闲居集》卷四五言排律。

② 见《宋史》卷三百五十一《侯蒙传一百一十》。

③ 见《宋史》卷三百五十六《宋乔年传一百一十五》。

④ 见《宋史》卷三百四十六《龚共传一百零五》。

⑤ 见《宋史》卷三百五十三《张叔夜传一百一十二》。

的趋附场面，作者虚构了一些人物点缀其间，如山东左参政何其高就显然寓有双关意义进行讽刺，而东平府尹胡师文则很清楚是“胡斯文”了。最值得注意的是，作者还特意在这个缙绅录里掺进了不少的明代嘉靖年间的人，这些人不单在《明史》里有传，而且还是李开先的好朋友。这就奇了。试举徐州府尹韩邦奇为例。

韩邦奇，《明史》有传①，这里不再赘述他的生平。应该说明的是，他和他的哥哥韩邦靖都是李开先的至交。韩邦靖是一个散曲作家，有《宛洛集》行于世②，可知与李开先气味相投。不幸的是，韩邦奇在嘉靖三十四年乙卯（1555）十二月十二日夜半死于山西平阳府所属六州二十八县的大地震之厄。这次浩劫，沈德符在《地震》③ 里有详实的记载，读者可以参阅。李开先长诗《平阳哀》④ 前的序文也有详实的记载，是他听来自平阳的难民亲口讲的，“言之切，而得之详”，故“诗为真情，序为实录”，他在这里当然是在叹息于“民生何不辰”，然而又是旁敲侧击地“骂皇帝”，形式上恭维好道的世宗“道孚太素，德拟重玄；道已成而望若未见，德优入而谦不自居”，骨子里却是借着天灾警告世宗“天心仁爱人君，特出灾异以谴告之”。他之所以这么借题发挥，还有另外一个重要的因素，那便是韩邦奇之死。他在五言律诗《地震》（一韵十首）⑤ 的第一首里说：

地震连山陕，残伤亿万家。室庐尽倒塌，骸骨乱交加。占必

---

① 见《明史》卷二百零一《韩邦奇传八十九》。

② 见《宛洛集》，有明刊本。卢前辑《饮虹簃所刻曲》收之。

③ 见《万历野获编》卷二十九。韩邦奇字汝节，号宛洛，朝邑人。兄邦靖，字汝度，号五泉，有《五泉韩汝度诗集》四卷，又二卷。见《朝邑县志》。《四库全书总目》著录韩邦奇书九种。

④ 见李开先《闲居集》卷一五言古诗。

⑤ 见李开先《闲居集》卷二五言律诗。

阴偏盛，（占云：“地震，阴有余。”）兆或政有差。（地方奏：“本地道宜静而动，臣等不职所致。”）平生三老友，一夜委泥沙。

在结句下，李开先有注指出“三老友”是：“杨尚书守礼、韩都御史邦奇、马光禄卿理，惊压而死。”

至于李开先为什么要把明代的都御史韩邦奇生扭做宋代的徐州府尹，出现在《金瓶梅》迎接六黄太尉的盛大群僚场面里，我们没有必要做出任何不着边际的猜测，只依人之常情判断，不外怀念故人之情而已。返魂固然乏香，但是使亡友在自己的笔端复活，也算是一种纪念方式。

十、吴神仙

《金瓶梅》第二十九回《吴神仙贵贱相人　潘金莲兰汤午战》里有一段很有深刻意义的文字，那就是守备周秀向西门庆推荐了一位绰号“吴神仙”的天台山道士——浙江仙游人，道名守真的吴奭。西门庆请他给自己和吴月娘、李娇儿、孟玉楼、潘金莲、李瓶儿、孙雪娥、西门大姐和春梅等相面，他对每一个人都做了一段评骘，并赠予了四句断定终生的考语。根据《金瓶梅》后文所写的这些人的收缘结果看来，和吴神仙的论断果然不爽毫厘。当然，作家在创作这部巨著之先，早已蕴释成熟全局的规划，在这儿只是借用吴神仙的嘴向读者打个招呼，暗示将来情节的发展而已。我们也不妨把曹雪芹在《红楼梦》里所写的正副二册①拿来和这段文字做个比较，便可以明了他是怎样的“婢学夫人”了。

---

① 见《红楼梦》第五回。

吴神仙在给西门庆相面时说了四句理论性的真言："夫相者，有心无相，相逐心生；有相无心，相随心往。"后来，吴神仙走后，吴月娘列举李瓶儿、西门大姐和春梅做例子，怀疑他的相法推算未来前程恐怕不够准确。西门庆简单地分析了一下，说："自古算的着命，算不着好。相逐心生，相随心灭。周大人送来，咱不好嚣了他的头，教他相相除疑罢了。"

这里，不能不检李开先的《啸庵吴相士歌》[①] 来对比对比：

> 相法年来谁最精？两山李老久驰声。应麟牛氏多奇中，自学烧丹术不行。更有长清马宗信，出言屡验使人惊。东方海鹤兼李宝，有时小失莫相轻。啸庵吴子南都彦，堪与数人同一鸣！抵掌迓予极称许："丰神气格本天成：面如同字逢金木，暮景舒长健且亨；松柏经霜常独茂，竹梅逼岁有余荣。"回头自叹春秋迈，盈耳人高月旦评。只悲亲逝情难已，不做官来梦亦清。愿希智士心如鉴，堪笑愚夫目似盲。不解反躬三自省，惟摇巧舌屡相争。相术亦有如此者，往往令人气不平，那辨妻强难得子，每因舅氏识其甥。国初惟有袁忠彻，父子齐名鲜与京。僧人智念亦云可，可惜中年即丧明。有相无心随心灭，有心无相逐心生。桓温自是有奇骨，陶侃曾来得异祯。脑贯伏犀当大贵，眉长过目有文名。君能一一穷其妙，至处人皆倒屣迎。此去为予勤物色，不拘隐逸与公卿。伯乐能知千里足，方今谁是万人英？

这里，李开先卖弄了他的杂学（这在《金瓶梅》里充分地表现了出来），然而也不难看出来，尽管他对于古往今来的相士如数家珍，

---

① 见李开先《闲居集》卷一七言古诗。

可是他并不迷信，认为算命都属于倚仗着江湖口谋生的骗术。另一方面他又自诩为“万人英”，怀才莫遇，“堪笑愚夫目似盲”，指斥了他的政敌。

我们且不管李开先自怨自艾地借他人酒杯，浇自己块垒，值得注意的是，拿这位吴啸庵相士来和《金瓶梅》里的吴守真相士比较一下，我们不得不认为是同一个人，也就是吴守真即吴啸庵的化身。不但他们都是江南人（一个是浙江仙游人，一个是“南都彦”），而且吴神仙说的什么“有心无相，有相无心，相随心往”，以及西门庆讲的“相逐心生，相随心灭”，也都和《啸庵吴相士歌》里的“有相无心随心灭，有心无相逐心生”如出一辙，① 因而使我们无法得出李开先不是《金瓶梅》作者的结论。

十一、刘理星——贼瞎子

《金瓶梅》第十二回《潘金莲私仆受辱　刘理星魇胜贪财》里说妓女李桂姐怂恿西门庆剪下潘金莲一缕头发，絮在鞋底下，作为魇胜。因此“金莲自从头发剪下之后，觉意心中不快，每日房门不出，茶饭慵餐”，于是吴月娘请了家中常走看的刘婆子看视，刘婆子说是着了暗气，除了付给药物之外，还推荐她的老公瞽目人刘理星给潘金莲“回背”。这刘理星会三桩本事：“第一，善阴阳讲命，与人家禳保；第二，会针灸收疮；第三桩儿不可说，单管与人家回背。”“回背”据刘婆说是：“有父子不和，兄弟不睦，大妻小妻争斗，教了俺这老公去说了，替他用镇物安镇，镇书符水与他吃了，不消三日，教

---

① 参题宋陈抟《神相全编》卷一：“相逐心生相术真。（心能生相，原生理也，陈图南云：‘有心无相，相逐心生；有相无心，相逐心灭。’神机云：‘心在形先，形居心后，此之谓也。’）”按：陈图南即陈抟，《神相全编》卷一《相法入门》第一之第八句就是“相逐心生相术真”，李开先本此文入《金瓶梅》。

他父子亲热，兄弟和睦，妻妾不争。若人家买卖不顺溜，田宅不兴旺者，常与人开财门，发利市。治病洒扫，禳星告斗，都会。因此，人都叫他做刘理星。”这个刘理星怎样给潘金莲“回背”呢？他说：“用柳木一块，刻两个男女人形像，书着娘子与夫主生时八字，用七七四十九根红线扎在一处，上用红纱一片蒙在男子眼中。用艾塞其心，用针钉其手，下用胶粘其足。暗暗埋在睡的枕头内。又朱砂书符一道，烧火灰，暗暗搅在艳茶内，若得夫主吃了茶，到晚夕睡了枕头，不过三日，自然有验……用纱蒙眼，使夫主见你一似西施一般娇艳。用艾塞心，使他心爱到你。用针钉手，随你怎的不是，使他再不敢动手打你，着紧还跪着你。用胶粘足者，使他再不往那里胡行。”潘金莲果真照办了。

这个刘理星也是有一个模型的，那就是李开先在《瞽者刘九传》① 里写的刘守：

> 刘九，乃济宁都御史泽之远族，自谓是其第九子。其艺能足以名世，不必假此可也。名守，号修亭。歌弹乃瞽者常事，刘九于二事有出乎瞽者之外矣。博雅记诵，有目者或不能及。市语方言，不惟腾之口说，而且效其声音。卜算符咒、医药方术、天文地理、内养外丹，悉通大略，半非无目者所能行也，徒以起人敬听而已。……曾于酒后口出大言：“吾世习先天之学，腹罗列宿之图，三教九流，百工众技，无一不通……”

此外，李开先还有两首七言绝句《赠济宁刘九》②：

---

① 见李开先《闲居集》卷十。
② 见李开先《闲居集》卷四七言绝句。

世上心盲目不盲，目明不若此心明。刘郎歌比张司业，博记人称虞伯生。（张籍官司业，盲而善歌古诗，韩昌黎谓其不亚吹竹弹丝，敲金击石。虞集博学善记，以文宗代草事丧明。九官人目虽盲，善记诵，善歌南北词曲。）

门第原来是世家，不徒鼓吹善琵琶。推占内养兼医药，百试曾无一试差。

这位冒称都御史刘泽第九个儿子的世家门第刘守到了《金瓶梅》里一下子变成了市井之徒的贼子刘理星是有原因的。李开先是不喜欢延接瞽者的，他说："与其听善瞽歌讴，不如受丑妇怒骂。"① 尽管他对刘守有"自恨得之晚，惟恐去之速也"的感情，赞赏刘守悉通卜算符咒、医药方术、天文地理、内养外丹之大略，但是仍旧视同俳优，认为不足为世法。这可以从《瞽者刘九传》的结尾看出来：

（刘九）死后传闻：邻有张三者与刘九同见阎君，检查生死善恶簿，应复他生人世，且各问其所欲。刘九曰："愿得二明目，仍住河边。"张三云："只愿无目，在深山中。"究其所以，刘云："痛恨有司贪财傲物，今添，四季考察，河边净洗吾目，试观终得无事否?"张云："世俗偷薄，人情翻覆，无目兼且深山，以不见为净，免受业障苦恼也。"世之人将为刘九乎?将为张三乎?二者无一可者也!

《金瓶梅》第六十七回《西门庆书房赏雪　李瓶儿梦诉幽情》里描写西门庆喝着双料麻姑酒观赏雪景时，叫郑春在旁弹筝低唱一套

① 见李开先《闲居集》卷十。

“柳底风微”。“柳底风微”是【双调·朝元乐】套曲的首句。《雍熙乐府》[①] 和《词林摘艳》[②] 都收了这套散曲，共十四曲。《词林摘艳》题《闺情》，署“瞽者刘百亭”撰。这位刘百亭便是刘修亭。李开先也太善于和《金瓶梅》的读者弄捉迷藏式的文字游戏了。

十二、医师何老人

《金瓶梅》第六十一回《韩道国筵请西门庆　李瓶儿苦痛宴重阳》里描写西门庆在花园大卷棚聚景堂内和妻妾庆赏重阳节的时候，不料乐极生悲，李瓶儿突然发病。西门庆接连请了任医官、胡太医、赵太医和何老人来把脉下药。这四位郎中，任医官和胡太医是陪衬，赵捣鬼是个插科打诨的丑角，拿他淡化当时病重乱求医的紧张气氛，制作片时的定格，然后正面刻画乔大户推荐的“咱县门前住的行医何老人，大小方脉俱精。他儿子何岐轩见今上了个冠带医士。亲家何不请他来看看亲家母?”李开先有五言排律《赠何雪筠文士》[③]：

相忆已多时，相逢出不期。无端吾屡病，有赖子能医。兼擅先天易，不为后世诗。风骠轻远道，月雀恋高枝。山海方舆内，兴豪任所之。

这位何雪筠若非何老人，便是何老人的儿子何岐轩的剪影。

---

① 见郭勋《雍熙乐府》卷十二双调。
② 见张禄《词林摘艳》戊集西双合歌调。
③ 见李开先《闲居集》卷四五言排律。

十三、画师韩先生

《金瓶梅》第六十三回《亲朋祭奠开筵宴　西门庆观戏感李瓶》写西门庆请来韩画师为李瓶儿“揭白”。[①]“这韩先生用手揭起千秋幡，用五轮八（原本此字夺，据第六回补）宝玩着两点神水，打一观看，见李瓶儿勒着鸦青手帕，虽故久病，其颜色如生，姿容不改，黄恹恹的，嘴唇儿红润可爱。……须臾，描染出个半身来，端的玉貌幽花秀丽，肌肤嫩玉生香。”草图画成之后，拿给吴月娘等提出修改意见。西门庆嘱咐韩画师：“先攒造出半身来，就要挂；大影不误出殡就是了。俱要用大青大绿，珠翠围发冠，大红通神五彩遍地金袍儿，百花裙，衢花绫裱，象牙轴头。”韩画师果然在李瓶儿首七那天送来半身影，“但见头戴金翠围冠，双凤珠子挑牌，大红妆花袍儿，白馥馥脸儿，俨然如生时一般。……（西门庆再一次）嘱咐：‘大影比长还要加工夫些。’韩先生道：‘小人随笔润色岂敢粗心！’”李开先有一首五言律诗《赠逯小峰画士》[②]：

恃艺重其身，余长在写真。闭门常谢客，闹市有闲人。道路吞声哭，闾阎到骨贫。烦君精妙笔，好为绘流民。

李氏诗文甚多，题画诗也不少，而且有一部专著《画品》月旦明初迄嘉靖二十年辛丑（1541）已逝画家，但是他谈到擅长写真的画士

---

① 画师给死者面部做速写素描，拿它作为画像的底稿，叫作“揭白”；因为死者面部是用白帕覆盖着的，画时需揭下的缘故。西周生《醒世姻缘传》第十八回：“揭白画的怎得十分相肖？幸得我还会过晁老先生，所以还有几分光景。”可见这种习俗于明清年间在山东是很风行的。

② 见李开先《闲居集》卷二五言律诗。

则只有上面这一首诗里的逯小峰，可见《金瓶梅》里的韩先生很有可能是影射逯小峰的了。①

十四、李昌期——清河知县

《金瓶梅》第八十八回《潘金莲托梦守御府　吴月娘布施募缘僧》里叙述武松杀了潘金莲和王婆，投奔梁山之后，王婆的儿子王潮在第二天早衙呈报到清河县署。“本县新任知县也姓李，双名昌期，乃河北真定府枣强县人氏。听见杀人公事，即委差当该吏典，拘集两邻保甲，并两家苦主王潮、蝇儿，眼同招出，当街如法检验。生前委被武松因忿带酒，杀潘氏、王婆二命；叠成文案，就委地方保甲瘗埋看守，挂出榜文，四厢差人跟寻，访拿正犯武松，有人首告者，官给赏银五十两。”

这位县太爷李昌期在《金瓶梅》里所写的官吏里是仅有的少数清官里的一个。宋代并没有这个人，然而他倒是个真实的历史人物，而且和李开先同时，并且一直在山东的兖州任排官，估计他和李开先是朋友。他的事迹见《明史》，附在《邓潘锡传》的后面。②

值得我们重视的是李昌期的乡贯“河北真定府枣强县”。须知，章丘的居民绝大多数都是从河北冀州枣强县移徙来的。这可以从李开先的《奉议大夫南京户部郎中贞庵刘君墓志铭》里说的“章人出枣强徙居者，十常有九”③ 看出来。这种从河北中部地域移民到山东章丘的现象至迟是在金代开始的，这主要是由于水灾造成的，见李开先的《太学生东楼高君墓志铭》：“上世冀之枣强人，金季以河沴，避

① 《画品》里著录的都是驰名的画家，如倪云、沈石田、唐伯虎、王舜耕之流。逯小峰仅是一个县里的画士，又兼尚在世间，故难入品。

② 见《明史》卷二百九十一《忠义三·邓潘锡传》。

③ 见李开先《闲居集》卷七墓志。又见卷八墓志《通奉大夫云南右布政使脉泉李公合葬墓志铭》：“章人自枣强徙者，十居八九。”

地而家章丘。”[①] 其后便是由于元代末年的战争造成的，见李开先《中顺大夫彰德府知府王公合葬墓志铭》：“其上世枣强人也，元末花军称乱，六祖讳禄者避兵走济阳，遂占籍三乡。”[②] 再后便是明代初期的政府执行从河北移民到山东的政策，见李开先的《奉议大夫衡府右长史乐盘袁公合葬墓志铭》：“按：袁氏先是冀州人，乃袁白燕之后，国初徙居于章，遂为章丘人。”[③] 我们仅仅从《闲居集》的卷七至卷九的三卷书里所收的墓志、墓表、行状和传中竟能检出二十六篇所记的人是河北冀州枣强县的移民。李开先家也不例外，而且移居时代很早，是在金兵入侵河朔之际。他在《先大父处士墓表》里说：“李氏原陇西人讳演者，避金兵，携资走长城岭，世号‘长城李’。乱定，卜居北至（章丘）绿原村。近村有蔡、范二姓。蔡，菜也；范，饭也；有口实可长子孙，取义定居，遂落籍章丘。”[④] 他在《家堂秋祭文》里也说：“吾宗世系，爰自陇西。金兵猾夏，弃家东驰。章城之南，山险而奇。长城峻岭，暂避乱离。乱定再徙，绿原为宜。”[⑤] 陇西作为世系，可以解释为祖籍，也可以解释为虚无缥缈地攀附郡望。但是说由于“金兵猾夏，弃家东驰。章城之南，山险而奇。长城峻岭，暂避乱离”，则无疑指的是逃亡到冀州的枣强县。“乱定再徙，绿原为宜”，便是后定居章丘了。《金瓶梅》里故意指出李昌期是

---

① 见李开先《闲居集》卷七墓志。又见卷八墓志《通议大夫南京工部右侍郎杏里王公合葬墓志铭》：“原自枣强徙章丘，为避金乱。”又见卷十一记《张氏迁茔记》：“张氏原冀枣强人，金季以河沴，移家济南东北，地名老僧口。”

② 见李开先《闲居集》卷七墓志。又见卷八墓志《南冶马义士合葬墓志铭》：“彼先枣强县人，元末毛贵、田丰之乱，章城残破，断绝人烟，乃迁补关厢图籍。”

③ 见李开先《闲居集》卷八墓志。又见卷八墓志《端岩王君合葬墓志铭》：“上世冀州人，胜国时移居章丘。”又见同卷《邻府右长史致仕进阶朝议大夫三溪王君合葬墓志铭》：“王氏原冀州枣强县人，始祖名德，以洪武初年改迁齐东。”

④ 见李开先《闲居集》卷九墓表。

⑤ 见李开先《闲居集》卷十二杂文。

“河北真定府枣强县人氏”，那么他必定和李开先同出一个氏族，或者是有较近的血缘宗亲。李开先近取诸身，把李昌期信手拈来，作为一个贤宰，是很自然的道理；又何况李昌期还的确曾在兖州任过推官呢。

十五、安忱进士

《金瓶梅》第三十六回《翟谦寄书寻女子　西门庆结交蔡状元》里叙述官拜秘书正字的蔡京的假子蔡蕴状元因“皇上俞允”给假回滁州匡庐省亲，和“见除工部观政”回到浙江钱塘续亲的同科进士安忱同船抵达新河口，西门庆收到蔡京府里的管家翟谦东昌府下文书快手从京都捎来的书帕，嘱咐他“留之一饭”，好生款待。西门庆除了送一分嗄程到船上，还在家里大摆筵席，唤来苏州戏子和书童演戏为欢。两人住了一宿，西门庆次日还送致了缎绢、合香和白金，两人才饱载而去。

值得注意的是，《金瓶梅》在这一回里特别介绍安忱说：“看官听说：当初安忱取中头甲，被言官论他（是）先朝宰相安惇之弟，系党人子孙，不可以魁多士。徽宗御迁早不得已，把蔡蕴擢为第一，做了状元，投在蔡京门下，做了假子。升秘书省正字，给假省亲。”按：安惇在《宋史》里有传①，安忱之名附在后面，实有其人。蔡蕴的名字不见经传，是个虚构的人物。作者惯用这种真假参半的手段，使读者陷入扑朔迷离的烟幕里。但是，更值得注意的是安忱本取中一甲一名状元而被蔡蕴调了包的情节又不是出诸作者的虚构，是作者根据当时亲验的事实作为素材而加以铺衍成文的。那就是霍韬的遭遇。李开先在《太子少保礼部尚书谥文敏渭厓霍公墓志铭》里透露了这个信

① 见《宋史》卷四百七十一《奸臣一·安惇传》。

息："（韬，正德九年）甲戌，会试第一，廷试仍置列一甲第一。中书舍人周令倒用官衔印信，改而复倒。诸老惊叹：'此天数也！'移居二甲第一。时犹未娶，以仕非其时告归，读书西樵山中。"① 李开先是霍韬的门生，师弟情谊至密，他执笔为霍韬作墓志铭，便是因霍韬的儿子与璞等的申请"惟执事与先君相处有年，想念实深，又生前独爱君作"② 而写的。因为李开先了解霍韬当年廷试虽置列一甲第一而由于周令倒用官衔印信的失误，竟被移居二甲第一的不幸遭遇，所以便在小说里为之一吐不平之气。

更有意思的事是霍韬居尚书后的一桩行实。在他逝去的那一年，即嘉靖十九年庚子（1540），他的儿子与瑕应顺天乡试，考官顾虑物议，没有录取，霍韬大发脾气，当即想要上疏弹劾考官，也是经过李开先剀切劝告，才没有成为事实，李开先在墓志铭里详尽地写了这段经过。后来沈德符在《万历野获编》里有更为扼要的记载："庚子顺天乡试，掌詹事礼部尚书霍韬亦以子畿试不录，恚甚，欲呰主司童承叙、杨惟杰。其门生李开先力劝之曰：'公有子九人，安知无人入彀者？姑听之。'韬次子与瑕果中广东乡试第九名，霍乃止疏不上。未几，亦卒于位。自制科以来，大臣仅有此三次举动；至霍渭厓则正当主上眷知，其疏果上，必有非常处分，赖李中麓巽言而止。"③

把霍韬的逸事掺入《金瓶梅》里安忱的经历，而又叫安忱和本来不应中状元的蔡蕴同时出现在西门庆的家里，这显然是作者故意安排的尴尬场面，意在讥讽；而这位作者则又非李开先莫属。

从前面举出的李开先个人经历一事、李开先家里人二事、李开先

① 见李开先《闲居集》卷七墓志。

② 见李开先《闲居集》卷七墓志。

③ 见沈德符《万历野获编》卷十四科场"奏讦考官"条。按：与瑕中试在霍韬逝后，沈德符所记有误。

事件六事、李开先所接触的人们七事看来，它们都在《金瓶梅》的情节和人物身上以这种或那种的表现方式和捏合手法体现出来，这绝不可能是其他任何一个人所能胜任的，除了李开先自己。

（原载《中外文学》第 18 卷，1989 年第 7 期；《〈金瓶梅〉和李开先十六事》原载《吉林大学社会科学学报》1989 年第 2 期）

《金瓶梅词话》和李开先的《宝剑记传奇》比较研究

《金瓶梅词话》征引的戏曲作品非常多，上自宋、元的著名南戏（如高明的《琵琶记》），下至明代邵璨的《香囊记》。杂剧征引最多的是元初王德信的《西厢记》和元末乔吉的《玉箫女两世团圆》，还有明初朱有燉《小天香半夜朝元》。

必要指出，《金瓶梅词话》在征引戏曲作品时，总是把剧名标举出来，但有一个例外，那就是李开先的《宝剑记传奇》，从来没有标举剧名，尽管全书征引《宝剑记》不下十七次（这只是我到目前所能发现的数字）。现根据出现先后列在下面。

第一，第六十一回《韩道国筵请西门庆　李瓶儿苦痛宴重阳》里，西门庆请韩道国推荐绰号“赵捣鬼”的“太医”赵龙岗给李瓶儿诊病，这个赵龙岗说：小人拙口钝吻，不能细陈，聊有几句，道其梗概。便道：

> 我做太医姓赵，门前常有人叫。只会卖杖摇铃，那有真材实料？行医不按良方，看脉全凭嘴调。撮药治病无能，下手取积儿妙。头疼须用绳箍，害眼全凭艾醮。心疼定敢刀剜，耳聋宜将针套。得钱一味胡医，图利不图见效，寻我的少吉多凶，到人家有

哭无笑。正是：半积阴功半养身，古来医道通仙道。

这是整个取《宝剑记传奇》第二十八出里铺衍高俅的儿子高朋由于单相思林冲的妻子张真娘，害得“一丝两气”，请得一位赵太医来诊的“夫子自道”。

按：李开先是知医道的，他在《闲居集》里说“奇方吾亦有”，又说过自己“采药当今代踏青”，还说过“百药其间多有毒，从今且莫加罂粟”的告诫语。他最恨庸医，在《送良医陈月山》诗里说：“近来医道废，不免达人尤。重利惟轻义，大言实寡谋。”

第二，同样在《金瓶梅词话》第六十一回里，这位赵龙岗给李瓶儿诊脉后说：我有一妙方，用着这几味药材，吃下去管情就好。听我说：

甘草、甘遂与硇砂，藜芦、马豆与芫花，人言调着生半夏，用乌头、杏仁、天麻，这几味儿齐加。葱蜜和丸只一揿，清辰用烧酒送下。

何老人听了，便道：“这等药吃了，不药杀人了?”赵先生道：“自古毒药苦口利于病，若早得摔手伶俐，强如只顾牵经。”

我们只消拿《宝剑记传奇》第二十八出里赵太医给高朋处方的情节，和上面所引《金瓶梅词话》里的文字比较一下，就可看出《金瓶梅词话》袭用《宝剑记传奇》的痕迹：

（净白）：有药！大叔，你听我说这药材！

（唱）：

【朱奴儿】甘草甘遂硇砂，藜芦与巴豆芫花。人言调着生半夏，用乌头杏仁天麻齐加。药丸儿一掿，用烧酒清晨送下。

（末白）：这药不药杀人了？

（净白）：不药杀这歪骨头，要他做什么！（下）

第三，第六十二回《潘道士解禳祭灯法　西门庆大哭李瓶儿》叙说李瓶儿病重，冯妈妈才来看望，奶子如意儿讥讽她说："冯妈妈贵人，怎的不来看看娘？昨日，爹使来安儿叫你去来，说你锁着门，往那里去来？"冯婆子道："说不得我这苦！成日往庙里修法！早辰出去了，是也直到黑，不是也直到黑。来家尚有那些张和尚、李和尚、王和尚。"

《宝剑记传奇》第五十一出白云庵小尼姑唱的便是"口儿里念佛，心儿里：张和尚，李和尚、王和尚。着他堕业根，与我消灭障。西方路儿上都是谎！"——这便是《金瓶梅词话》第六十二回里冯妈妈那句"和尚"话的出处。

第四，第六十四回《玉箫跪央潘金莲　合卫官祭富室娘》叙说薛内相在西门庆宅里和刘内相闲话，提起"昨日立冬，万岁出来祭太庙。太常寺一员博士名唤方轸，早辰直着打扫，看见太庙砖缝出血；殿东北上，地陷了一角；写表奏知万岁……极言童掌事大了，宦官不可封王"。

按：方轸，《宋史》失载，倒是《宝剑记传奇》第六出写黄门官劝林冲不要参奏高俅和朱勔："前日给事中方轸奏事，窜发岭南。"又在第四十出说："言轸切谏不纳，蔡京将他下狱苦刑，窜发岭南，因而杀害。"可见两书的血肉关系。

第五，第六十七回《西门庆书房赏雪　李瓶儿梦诉幽情》叙说西门庆在书房里"一面觑那门外雪：纷纷扬扬，犹如风飘柳絮，乱舞梨花相似"。

这和《宝剑记传奇》第三十三出里【驻马听】的“轻如柳絮，白胜梨花”如出一辙。《宝剑记传奇》卷首有嘉靖廿六年丁未（1547）八月廿五雪蓑渔者序。雪蓑渔者是李开先的门客苏洲的别号。他在序里说李开先“近因贤内之丧”，显然指的是该年八月十九日张氏的死。那么，“李瓶儿梦诉幽情”的情节不但“事出有因”，而且也能证实《金瓶梅词话》的创作迟于《宝剑记传奇》，也就是李开先在同一年里，先写成《宝剑记传奇》，发泄其在嘉靖廿二年癸卯（1543）被劾罢官闲居的怒气，接着又因妻丧，在《金瓶梅词话》的这一回里，化用《宝剑记传奇》的曲词，抒发其怀念故剑的悲思。

第六，第六十七回《西门庆书房赏雪　李瓶儿梦诉幽情》里叙说西门庆和应伯爵赏雪时，春鸿拍手唱南曲：

【驻马听】寒夜无茶，走向前村觅店家。这雪轻飘僧舍，密洒歌楼，遥阻归槎。江边乘兴探梅花，庭中欢赏烧银蜡。一望无涯，一望无涯，有似灞桥柳絮满天飞下。

这是直接从《宝剑记传奇》第三十三出录入的。

第七，第六十七回《西门庆书房赏雪　李瓶儿梦诉幽情》里叙说应伯爵罚行错了酒令的西门庆一大钟时，叫春鸿接着再唱，春鸿又拍手唱【前腔】：

四野彤霞，回首江山自占涯。这雪轻如柳絮，细似鹅毛，白胜梅花。山前曲径更添滑，村中鲁酒偏增价。叠坠天花，叠坠天花，濠平沟满，令人惊讶。

这是紧接着前面春鸿唱的【驻马听】的重叠曲牌，在《宝剑记传奇》第三十三出里，也是和“寒夜无茶”紧紧相连的。

第八，在第六十八回《郑月儿卖俏透密意 玳安殷勤寻文嫂》里，吴月娘揭穿了王姑子和薛姑子的狗咬狗伎俩后，作者提出了自己对于僧尼的看法：

看官听说：似这样缁流之辈，最不该招惹他。脸虽是尼姑脸，心同淫妇心。只是他六根未净，本性欠明，戒行全无，廉耻已丧。假以慈悲为主，一味利欲是贪。不管堕业轮回，一味眼下快乐。哄了些小门闺怨女，念了些大户动情妻。前门接施主檀那，后门丢胎卵湿化。姻缘成好事，到此会佳期。有诗为证：

佛会僧尼是一家，法轮常转度龙华。
此物只好图生育，枉使金刀剪落花。

这里，不妨把《宝剑记传奇》第五十一出里奚落尼姑的话抄出来做个比较，便可看到是同一个人的手笔：

（净扮尼姑上，白）脸是尼姑脸，心还是女子心。空门谁得识？就是有知音……

（末打科）好出家人，专想和尚！

（净白）休打，休打！打坠了胎！佛说：法轮常转图生育，佛会僧尼一家。

（末白）出家人也说这风月的话？

（净白）风月风月，随心堕孽。后墙上送生，前门里接客。

（末白）好尼姑，你也接客？

（净白）短寿命的！我接的是香客！

（末白）香客不往东岳庙、城隍庙去，他来你这里做什么？

（净白）世上有这等好事的人，小门闺怨女，大户动情妻，姻缘成好事，到此会佳期。

第九，第七十回《西门庆工完升级　群僚庭参朱太尉》叙说朱勔太尉的富贵，有一段赞子：

官居一品，位列三台。赫赫公堂，昼长铃索静；潭潭相府，漏定戟杖齐。林花散彩赛长春，帘影垂虹光不夜。芬芬馥馥，獭髓新调百和香；隐隐层层，龙纹大篆千金鼎。衾拥半床翡翠，枕敧八宝珊瑚。时闻振佩玉叮咚，待看传灯金错落。虎符玉节，门庭甲仗生寒；象板银筝，傀儡排场热闹。终朝谒见，无非公子王孙；逐岁追游，尽是侯门戚里。雪儿歌发，惊闻丽曲三千；云母屏开，忽见金钗十二。平铺荷芰，游鱼沼内不惊人；高挂樊笼，娇鸟帘前能对语。那里解调和燮理，一味趋谄逢迎。端的笑谈起干戈，吹嘘惊海岳。假旨令，八位大臣拱手；巧辞使，九重天子点头。督择花石，江南淮北尽灾殃；进献黄杨，国库民财皆匮竭。当朝无不心寒，列士为之屏息。正是：辇下权豪第一，人间富贵无双。

二书的关系不是昭然若揭吗？

第十，第七十回《西门庆工完升级　群僚庭参朱太尉》叙说西门庆在东京随着朝廷文武百官到太尉朱勔府上参拜，递酒安席落座之后，一班儿五个俳优朝上，筝琴琵琶，方响箜篌，红牙象板，唱了一套【正宫·端正好】：

享富贵，受皇恩。起寒贱，居高位。秉权衡，威振京畿。惟君恃宠把君王媚，全不想存仁义。

【滚绣球】起官夫造水池，与儿孙买田基，图求谋多只为一身之计。纵奸贪，那里管越瘦吴肥？趋附的身即荣，触忤的命必危。妒贤才喜亲小辈。只想着复私仇，公道全亏。你将九重天子深瞒昧，致四海生民总乱离，更不道天网恢恢。

【倘秀才】巧言词取君王一时笑喜，那里肯效忠良使万国雍熙？你只待颠倒豪杰把世迷。隔靴空揉痒，久症却行医，灭绝了天理。

【滚绣球】你有秦赵高指鹿心，屠岸贾纵犬机。待学汉王莽不臣之意，欺君的董卓燃脐。但行动弦管随，出门时兵仗围。入朝中百官悚畏，仗一人假虎张威。望尘有客趋奸党，借剑无人斩佞贼，一任的忒狂为。

【尾声】金瓯底下无名姓，青史编中有是非。你那知燮理阴阳调元气，那知盗卖江山结外夷。枉辱了玉带金鱼挂蟒衣，受禄无功愧寝食。权方在手人皆惧，祸到临头悔后迟，南山竹罄难书罪，东海波干臭未遗。万古流传，教人唾骂你。

这套【正宫·端正好】的五支曲俱见《宝剑记传奇》第五十出。这一出是洪太尉把高俅父子解到林冲军前，林冲怒数他们平日所为罪行的话语。这些话，放到群僚为朱勔称觞的场合里，是很煞风景、极不恰当的。《金瓶梅词话》的作者显然是假此契机，以高俅临刑与朱勔加官合而为一，以发泄其胸中怨气。

这套曲词在明嘉靖颇为传诵一时，许多曲选都全文收入。如明佚名《盛世新声》卷一、明张禄《词林摘艳》辛集和《增益词林摘艳》

巳集，前本题“上太师”，署“皇明，丘汝成”；明郭勋《雍熙乐府》卷三，题“武臣享福”；明陈所闻《北宫词纪》卷二，题“上太师”，署“明丘汝成”。

这里有一个问题：《宝剑记》的这一出是李开先的创作，还是袭自丘汝成的成文？据李开先的《市井艳词又序》说，“《宝剑记》脱稿于丁未［嘉靖廿六年（1547）］”，而上述选入这套曲词的诸本，除了陈所闻的《北宫词纪》刊于万历年间，问世之年都早于《宝剑记》，因此，这套曲词很可能是李开先抄袭丘汝成的。丘氏的生平和撰著待考，故难定谳。

第十一，第七十四回《宋御史索求八仙鼎　吴月娘听宣王氏卷》叙说孟玉楼、李娇儿和李大姐等在吴月娘房里听宣卷，薛姑子展开《黄氏女卷》高声演说道：

> 盖闻法初不灭，故归空；道本无生，每因生而不用。由法身以垂八相，由八相以显法身。朗朗惠灯，通开世户；明明佛镜，照破昏衢。百年景赖刹那间，四大幻身如泡影。每日尘劳碌碌，终朝业试忙忙。岂知一性圆明，徒逞六根贪欲。功名盖世，无非大梦一场；富贵惊人，难免无常二字。风火散时无老少，溪山磨尽几英雄？我好十方传句偈，八部会坛场。救大宅之烝熬，发空门之扃钥。偈曰：富贵贫穷各有由，只缘分定不须求，未曾下的春时种，空手荒田望有秋。

这一大段文字全部见于《宝剑记传奇》第四十一出，作为林冲妻张真娘请来追荐她婆母的僧人宣卷的开篇。毫无疑问，《金瓶梅词话》和《宝剑记传奇》都几乎是引用《黄氏女卷》，而且《金瓶梅词话》引用得远比《宝剑记传奇》多，都是《黄氏女卷》的全文缩本，首尾具备。从两本的文字来看，尽管《金瓶梅词话》有不少脱文、衍文和讹字，但仍可断定二者同出一个底本。

第十二，我们有理由认为《宝剑记传奇》先出，而《金瓶梅词话》是撷取《宝剑记传奇》的部分文字。凭据是，《宝剑记传奇》里有一阕【一封信】曲，是帮助张真娘料理婆母丧事的王妈妈的唱词：

生和死两厢，叹浮生终日忙。儿和女满堂，到无常只自当。人如春梦终须短，命若风灯不久常。自思量，可悲伤，题起教人欲断肠。

这并非出自《黄氏女卷》，而是《宝剑记传奇》作者的创作，《金瓶梅词话》的作者却把它掺入薛姑子所宣的《黄氏女卷》中。

第十三，《宝剑记传奇》还有一阕由净扮演的和尚唱的“诵子”：

人命无常呼吸间，眼观红日坠西山。宝山历尽空回首，一失人身万劫难。百岁光阴瞬息回，此身必定化飞灰。谁人肯向生前悟？悟却无生归去来。

这的确不是标准的曲牌，应属于佛曲之类，故名之曰“诵子”；但是它不属于剧中和尚的宣卷范畴，而是剧中人物的表白。净色在唱曲之前说：“伏！与！”末角扮另一和尚打净角说：“你如何唱礼？”净角回答说：“你不知，秀才在我寺中读书，我也学了些孔孟之礼。”然后接唱“诵子”。《金瓶梅词话》作者把它作为《黄氏女卷》内的一个有机部分，与《宝剑记传奇》唯一不同的，是把“百岁光阴瞬息回”调换到“人命无常呼吸间”前面去而已。

第十四，第七十九回《西门庆贪欲得病　吴月娘墓生产子》叙说西门庆病危，吴月娘又请来吴神仙“掐指寻纹，打算西门庆八字”。吴神仙说：“有四句断语不好。说道：命犯灾星必主低，身轻煞重有灾危。时日若逢真太岁，就是神仙也皱眉。”吴月娘又请圆她的“跌破了菱花镜”的梦，吴神仙说：“跌破了菱花镜，夫妻指日分离，此梦犹然不好，不好！”吴月娘：“问先生有解么？”神仙道：“白虎当头拦路，丧门魁在生灾，神仙也无解，太岁也难推，造物已定，神鬼莫移！”吴月娘见命中无救星，只好谢了神仙，打发出门。作者用了四句俚词作为结语：“卦里阴阳仔细寻，无端闲事莫关心。平生作善天加庆，心不欺贫祸不侵。”

《宝剑记传奇》第十出敷演林冲夜梦不祥，找了一个圆梦先生讲命。先生先推算林冲的生辰八字，说：“有四字断语不好，命犯刑星必主低，身轻煞重有灾危；时日若逢真太岁，就是神仙也皱眉！”林冲又请圆他的“跌破了菱花镜”的梦，那先生断道：“菱花镜破，夫妻指日分离，此梦总然不好！”林冲又问：“有解处么？”先生答道：“白虎当头拦路，丧门鬼怪生灾，神仙也无解，太岁也难挨！造物已定，神鬼莫移！”剧末有诗云：“卦里阴阳仔细寻，无端闲事莫关心；平生和善天加庆，心不欺天祸不侵。”

难道林冲和西门庆竟是同年同月同日生的吗？为什么林冲的梦和吴月娘的竟是如出一辙？我们只能有一个答案：两书的作者是同一个人。

第十五，第八十二回《潘金莲月夜偷期　陈经济画楼双美》叙说在西门庆死后，潘金莲和女婿陈经济私会，不胜绸缪，有“生药名”【水仙子】为证：

当归半夏紫红石，可意槟榔招做女婿。浪荡根插入革麻内，母丁香左右偎，大麻花一阵昏迷，白水银扑簇簇下。红娘子心内喜，快活杀两片陈皮。

这原是古典文学和通俗文学作品里的一种惯用的比拟手法，一般叫作“素谜荤猜”，实际上就是双关语的巧妙使用。如果我们把它拿来和《宝剑记传奇》的第二十八出的【朱奴儿】比较，虽然情景不同，然而所用药名则一，语言风格亦相类，应是出于一人的手笔。

第十六，第八十五回《月娘识破金莲奸情　薛嫂月夜卖春梅》叙说潘金莲和陈经济私通，有了六个月的半肚子身孕，叫陈经济去找胡太医下胎。胡太医“接了银子，说道：‘不打紧！我与你一服红花一扫光，吃下去，如人行五里，其胎自落矣。’”有【西江月】为证：

牛膝蟹爪甘遂，定磁大戟芫花，斑毛赭石与硇砂，水银与芒硝研化。又加桃仁通草，麝香文带凌花，更燕醋煮好红花，管取孩儿落下。

难道还看不出这阕【西江月】正和前面所举的【水仙子】一样，都是《宝剑记传奇》第廿八出里【朱奴儿】的翻版吗？

第十七，第九十九回《刘二醉骂王六儿　张胜忿杀陈经济》叙说韩爱姐哀求庞春梅允许她给陈经济守孝寡居终生，庞春梅便说：“我的姐姐，只怕年小青春，守不住；只怕误了你好时光！”这样的话也见于《宝剑记传奇》第三十八出林冲母亲劝慰儿媳张真娘的曲词：“只怕春光耽阁了少年妻”（【对镜画蛾眉】），“莫误了弱质年芳”

(【刘泼帽】)，拿来和“只怕误了你好时光”相比，其寓意是完全一致的，亦即作者的思维是相同的。

这里有一个问题值得我们思考：李开先的《宝剑记传奇》在明代并不是很杰出的剧作，和他同时代的王世贞就说：

> 北人自王、康后，推山东李伯华。伯华以百阕【傍妆台】为对山所赏，今其词尚存，不足道也。所为南剧《宝剑》《登坛记》亦是改其乡先生之作，二种尚在《拜月》《荆钗》之下。一日，问余：“何如《琵琶记》?”余谓：“公之词，美不必言；第令吴中教师十人唱过，随腔致妥，乃可传耳!”李怫然不乐，罢。其自负有如此者!

其后的吕天成在他的《曲品》里把《宝剑记传奇》列入“具品一”，给予的地位也不是很高的。他说：

> 传林冲事，亦有佳处。自撰曲调名，亦奇。此公熟于北剧，作此记，谓弇州曰：“何如《琵琶》?”答曰：“但当令吴下老曲师讴之乃可!”

既然这样，为什么《金瓶梅词话》作者不引用汤显祖、沈璟等作家的名剧，却单单看中李开先这个下驷的《宝剑记传奇》，而又不烦一引再引呢?

答案只有一个：李开先就是《金瓶梅词话》的作者，而他又对自己的《宝剑记传奇》有偏爱，即王世贞所说“其自负有如此者”的感情。

至于《金瓶梅词话》里未见征引万历间的著名传奇作品，原因也只有一个，而且非常简单：李开先已经在隆庆二年戊辰（1568）二月十五日逝去。

（**作者按：**西方文学理论有所谓 Inter-Textuality 之说，但是我这里所用的方法仍是传统的，不敢比附也。）

（《〈新刻金瓶梅词话〉和李开先的〈宝剑记传奇〉比较研究》，载《明报月刊》1989 年 7 月号，第 110~114 页）

《金瓶梅词话》引用宋元平话的探索

《金瓶梅词话》里征引的前代平话是很多的。当然，征引的方式和方法多种多样，有所不同。总之，作者意在为我所用，无论捏合也好，饾饤也好，直袭也好，熔铸也好，都必须符合作品情节和人物性格的要求；因此，这就不属于挦扯和抄撮之列；而且不单表现出作者的匠心，也使我们看得出来其熟谙在他以前的传统文学作品的程度，其腹笥之广是使人惊诧的。

这里，我们只谈《金瓶梅词话》里征引的平话，包括讲史、烟粉、灵怪和朴刀杆棒之属，至于《忠义水浒全传》则另为专文阐述。

现在，根据这些平话在《金瓶梅词话》里出现的次第分别胪列如下。

一、《宣和遗事》①

1.《金瓶梅词话》第十一回《潘金莲激打孙雪娥　西门庆梳笼

① 南宋刊本未见。所知见者，今存有：

a. 黄氏士礼居覆宋刊前集及后集二卷本；

b. 明天启间金阊叶敬池刊插图二卷本；

c. 金陵王氏洛川校正元亨利贞四卷本；

d. 吴兴陶氏抄二卷本。

其易得之本，则二卷本为中华书局聚珍仿宋本《四部备要》据士礼居刊本之排印本。四卷本则为商务印书馆据金陵王氏校正本之排印本。

李桂姐》里写李桂卿和李桂姐陪伴西门庆和两个帮闲应伯爵、谢希大“金樽满泛，玉阮同调，歌唱递酒”时，有诗为证：

> 琉璃钟，琥珀浓，小槽酒滴珍①珠红。烹龙炮凤玉脂泣，罗帏绣幕围香风。吹龙笛，击龟②鼓，皓齿歌，细腰舞，况是青春莫虚度③。银缸掩映娇娥语④，酒不到刘伶坟上去⑤。

这阕词出自李贺《将进酒》，见清王琦《李长吉歌诗》卷四，亦见宋佚名《五代史平话》之《梁史平话》。《宣和遗事》前集引之，词记宣和五年（1123）宋徽宗赵佶由高俅和杨戬伴同到李师师院中作乐时的逸乐景况。⑥ 有些文字上的歧异，除了明显的镌刻错误，都是作者有意的改动，如把“况是青春日将暮”的后三个字改为“莫虚度”的原因是很容易理解的。

2.《金瓶梅词话》第三十回《来保押送生辰担　西门庆生子喜加官》里写西门庆派遣舅子吴典恩和家人来保专程到东京去给蔡京奉献生辰厚礼，蔡京赐予西门庆一道列衔金吾卫衣左所副千户、山东等处提刑所理刑的告身札付，于是这个僻乡远县的破落户子弟便飞黄腾达，一跃而为执掌生杀予夺大权的五品官长。作者在这里不禁跳脱叙述故事的范围，凭空插了进去自己的喟叹：

---

① “珍”字，《宣和遗事》作“真”字。“珍”“真”互通。

② “龟”字，《宣和遗事》作“鼍”字，是。

③ “莫虚度”，《宣和遗事》作“日将暮”。

④ “银缸掩映娇娥语”显系作者改写，盖《宣和遗事》之“桃花乱落如红雨”系承上句“况是青春日将暮”而来，与改动后之“况是青春莫虚度”不侔。

⑤ 《宣和遗事》此句上有“劝君终日酩酊醉”句，与下句成文，疑《金瓶梅词话》本刊脱。又，“去”字误，应作“土”字。

⑥ 此诗亦见《五代史平话》中《梁史平话》卷上。

看官听说：那时徽宗天下失政，奸臣当道，谗佞盈朝。高、杨、童、蔡四个奸党在朝中卖官鬻狱，贿赂公行；悬秤升官，指方补价。夤缘钻刺者，骤升美任；贤能廉直者，经岁不除。以致风俗颓败，赃官污吏，遍满天下；役烦赋重，民穷盗起，天下骚然。不因奸佞居台辅，合是中原血染人！

这一联见于《宣和遗事》前集，记崇宁元年（1102）宋徽宗除蔡京做右丞相、赐延和殿坐的一段文字的结语。① 作者在第七十回《西门庆工完升级　群僚庭参朱太尉》里又重复了这两句话，这正是朱勔加官荫子、百官庆贺的盛大场景：

正是：不因奸佞居台鼎，那得中原血染衣！

看官听说：妾妇索家，小人乱国，自然之道。识者以将来数贼必覆天下。果到宣和三年，徽、钦北狩，高宗南迁，而天下为虏有，可深痛哉！

作者在这里不烦一再征引，足见其愤激于明季朝政之非、时事之鄙的强烈感情。值得我们注意的是，作者借古讽今的用心竟成为不幸而言中的预言，朱明王朝的覆灭和赵宋王朝的偏安如出一辙。末代皇帝的命运也惊人地相似，朱由检和赵佶、赵桓父子的下场都是惊人相似的历史悲剧。

3.《金瓶梅词话》第四十六回《元夜游行遇雪雨　妻妾笑卜龟儿卦》里一开始就引用了下面一首词，作者承认“此只词儿，是前人所作，单题这元宵景致，人物繁华”，有意拿东京元宵景致陪衬西门

---

① 《宣和遗事》作“不争奸佞居台辅，合是中原血染衣”。

庆赏玩烟火和灯彩的豪奢生活：

帝里元宵，风光好，胜仙岛蓬莱。玉尘飞动①，车喝绣毂，月照楼台。三宫此夕欢谐，金莲万盏，撒向天街。迓鼓②通宵，华灯竞起，五夜齐开。

这阕词③见于《宣和遗事》前集，记宣和五年（1123）宋徽宗在东京大内从正月十四到十八庆赏“五夜元宵”的景况。

4.《金瓶梅词话》第六十四回《玉箫跪央潘金莲　合卫官祭富室娘》里叙说薛、刘两个内相到西门庆宅中吊唁李瓶儿之丧时谈论朝廷时事：

（薛内相）道：“刘哥，你不知道：昨日这八月初十日，下大雨如注，雷电把内里凝神殿上鸱尾震碎了，諕死了许多宫人。……昨日立冬，万岁出来祭太庙。太常寺一员博士名唤方轸，早辰直着打扫，看见太庙砖缝出血。……”刘内相道：“你我如今出来在外做土官，那朝里事也不干咱每。俗语道：‘咱过了一日是一日，便塌了天，还有四个大汉。’到明日，大宋江山管情被这些酸子弄坏了。王十九，咱每只吃酒！”

这里显然是作者借他人酒杯，浇自己块垒之意，隐喻明代江山定蹈宋代的覆辙。然而薛内相所举的两件灾异的事例倒不是作者的生造，是有根据的。

---

① 《宣和遗事》作“玉动飞尘”。

② 《宣和遗事》作“讶鼓”。

③ 《宣和遗事》作“昔人有只曲调”。

“太庙砖缝出血”见《宣和遗事》前集：

> 宣和元年……一日，神宗皇帝庙室便殿有砖出血，随扫又出，数日方止。是时蔡京等方事谀佞，有此异事，皆不敢闻奏于上，而徽宗骄奢之行愈肆矣。

《金瓶梅词话》里规定的时限正是宋徽宗的末季，作者利用《宣和遗事》里的记载，巧妙地通过薛内相的嘴讲了出来，不单使读者感觉这是可信的艺术处理手法，也使读者容易联想到所处的时代，体会出作者借古讽今的苦心。

作者的讽喻手法，更明显的例子是这一回里所举的“雷电把内里凝神殿上鸱尾震碎了”的事例。这不能列入“借古讽今”的“罪行”之类的范畴，简直属于“现行”的“大逆”言论了，因为作者报道的是“时事新闻”，即明世宗嘉靖十年辛卯（1531）夏的雷震北京皇城午门的事件。① 这个事例也正证实了《金瓶梅词话》作于嘉靖年间。如果读者接受我考定作者是李开先的论据，那么从嘉靖八年（1529）起，李开先便已经在北京居官，此乃是他的亲身经验。同一回，祭奠李瓶儿的西门庆的同僚们在祭文上居首的周秀，即春梅后来嫁给的周守备，他的名字应该也是作者从《宣和遗事》里信手拈来的。②

5.《金瓶梅词话》第十七回有“大门关得铁桶相似，就是樊哙也撞不开”句和第六十九回《文嫂通情林太太　王三官中诈求奸》里写小张闲被西门庆徇了私情，说他勾引王三公子嫖李桂姐家，捉到理刑所，“每人一夹，二十大棍，打得皮开肉绽，鲜血迸流，响声震天，

① 见《明史》卷一百八十八《传七十六》。

② 见《宣和遗事》前集宣和五年记宋徽宗邂逅李师师。

哀号恸地”。小张闲蒿恼不过，便往李桂姐家去寻王三官勒索几两银子。“于是来来去去转弯抹角，径入勾栏李桂姐家”，不曾想到，见那李家“门关得铁桶相似，就是樊哙也撞不开。叫了半日……”我们不妨拿这话和《宣和遗事》比较比较：“把个门儿关闭，闭塞也似，便是樊哙也踏不开！唤多时，情无人应……”① 何其相似乃尔！难道这还不清楚地显示了《金瓶梅词话》的作者是从哪儿抟扯来的这种形象化的描画吗?

6.《金瓶梅词话》第七十回《西门庆工完升级　群僚庭参朱太尉》里写西门庆阅读工部本章，获悉他升了一级的消息。那道本章还有“内侍李彦、孟昌龄、贾祥、何沂、蓝从熙，着直延福五位宫近侍，各赐蟒衣玉带，仍荫弟侄一人为副千户，俱现任管事”等项封荫。

这里所指的“延福五位”完全征引自《宣和遗事》②，不过，五位近侍的名额有所更换。《宣和遗事》记载的是：童贯、杨戬、贾详、何䜣、蓝从熙。《金瓶梅词话》竟拿李彦和孟昌龄掉了赫赫有名的童贯和杨戬的包，这大约是由于作者考虑到童贯和杨戬的声望太高的缘故，才把他们俩换了下来。这五个内官都是真实人物，贾详、何䜣、孟昌龄和蓝从熙一再出现于《宣和遗事》里③，何䜣④和李彦⑤还见于《宋史》。

---

① 见《宣和遗事》前集宣和五年记贾奕于七夕访李师师事。

② 见《宣和遗事》前集政和四年：“延福宫成。旧有延福宫，祖宗以为燕会之所，而制不甚广。时蔡京欲以宫室媚上，一日，召内侍童贯、杨戬、贾详、何䜣、蓝从熙，讽以禁中逼窄之状，五人听命，乃尽徙内酒坊诸司，又迁二僧寺并军营于他所。五人者，既有分地，因各出新意，故号五位。五位既成，楼阁相望，引金水、天源河，筑土山其间，奇花怪石，岩壑幽胜，宛若生成。”

③ 贾详、何䜣和蓝从熙见《宣和遗事》前集政和二年纪事、孟昌龄见同书五年纪事。

④ 见《宋史》卷二百四十三《后妃传下·徽宗刘妃传》。

⑤ 见《宋史》卷四百六十八《宦者传三·李彦传》。

这里充分地表现出作者对于正史、野史和宋代文献的掌握程度以及运用能力，不难理解《金瓶梅词话》只能出于一位“大名士”的手笔，其作者绝非什么“老儒”“金吾戚里门客”“某孝廉”“酒徒”或“说唱艺人”所能胜任的。

7.《金瓶梅词话》第七十一回《李瓶儿何家托梦　提刑官引奏朝仪》中，写西门庆在东京朝参的盛大场面里有刻画宋徽宗赵佶即皇帝位时的文字：

> 若说这个官家：才俊过人，口工诗韵，目类群羊；善写墨君竹，能挥薛稷书；道三教之书，晓九流之典。朝欢暮乐，依稀似剑阁孟商王；爱色贪杯，仿佛如金陵陈后主。从十八岁登基，即位二十五年，倒改了五遭年号。先改建中靖国，后改崇宁，改大观，改政和……

接着描写“驾坐宝位”说：

> 静鞭响罢，文武百官、九卿四相，秉简当胸，向丹墀五拜三叩头礼，进上表章。已有殿头官自穿紫窄衫，腰系金厢带，步着金阶，口传圣敕道……

这前面一段文字都是摘自《宣和遗事》前集描写宋徽宗继哲宗位登基时的文字，不过略去了中间的一百七十九个字。作者发现原书说“即位了二十六年，改了六番年号”不符合历史事实，径改为“即位二十五年，倒改了五遭年号”。这又说明作者并非一意照录《宣和遗事》所云，而是具有丰富的历史知识。至于“静鞭响罢”那一段文字则是把《宣和遗事》前集记宣和五年的事移接过来的，且又做了一些润色。①

8.《金瓶梅词话》第七十八回《西门庆两战林太太　吴月娘玩灯请蓝氏》里写应伯爵带着李三怂恿西门庆拿出五千两银子做倒卖古器物的投机生意：

> 李三道："老爹还不知？如今朝廷皇城内新盖的艮岳改为寿岳。上面起盖许多亭台殿阁。又建上清宝箓宫、会真堂、凝神殿。又是安妃娘娘梳妆阁，都用着这珍禽奇兽、周彝商鼎、汉篆秦炉、宣王石鼓、历代铜鞮、仙人掌、承露盘，并希世古董、玩器、摆设，好不大兴工程，好多钱粮！"

这里所举的苑林和亭台殿阁都能从《宣和遗事》和一些载记里找到出处，并非作者向壁空造。例如改艮岳为寿岳，见《宣和遗事》前集。② 上清宝箓宫，见《宣和遗事》前集。③ 会真堂和凝神殿共见《宣和遗事》前集。④ 当然，作者更不可能没有参阅过《宋史》卷十九至二十三的五卷《徽宗本纪》。即以所举古董里的"宣王石鼓"而言，也见《宣和遗事》记载。⑤ 真可以说是无一字无来历。

---

① 见《宣和遗事》前集宣和五年七月初一事："净鞭三下响，文武两班齐。皇帝驾坐不多时，有殿头官身穿紫窄衫，腰系金铜带，踏着金阶，口传圣敕道：……"

② 见《宣和遗事》前集宣和七年："是年，诏户部侍郎孟揆董工，增筑岗阜，取象余杭凤凰山，号做万岁山，多运花石妆砌。后因神降有'艮岳排空'之语，改万岁山名做艮岳。……后四年始成，御制记文凡数千言。有金芝产于万岁峰，改名寿岳。"

③ 见《宣和遗事》前集政和六年："二月，上清宝箓宫成，浚壕深水三丈。"又，宋孟元老《东京梦华录》卷二《东角楼街巷》条亦记有上清宝箓宫。

④ 见《宣和遗事》前集宣和七年："诏左街道录徐知常于禁庭建醮，徽宗自亲书表章三道，焚于凝神殿、会真堂。"

⑤ 见《宣和遗事》前集宣和二年："上御步前行至稽古阁，有宣王石鼓。"

9.《金瓶梅词话》第九十八回《陈经济临清开大店　韩爱姐翠馆遇情郎》里写韩道国和陈经济说起：

> 朝中蔡太师、童太尉、李右相、朱太尉、高太尉、李太监六人都被太学国子生陈东上本参劾，后被科道交章弹奏倒了。圣旨下来，拿送三法司问罪，发烟瘴地面，永远充军。太师儿子、礼部尚书蔡攸处斩，家产抄没入官。

陈东上书请诛六贼的事，具详《宋史》。① 但是在《宣和遗事》后集里的记载则更详细，并且保存下来他和太学诸生伏阙上书的全文。②

10.《金瓶梅词话》第九十九回《刘二醉骂王六儿　张胜忿杀陈经济》里写宋徽宗：

> 传位与太子登基，改宣和七年为靖康元年，宣寡号为钦宗。皇帝在位，徽宗自称太上道君皇帝，退居龙德宫。

这也是袭自《宣和遗事》的。③

二、《前汉书平话》

1. 鸿门会故事。《金瓶梅词话》第三十九回《西门庆玉皇庙打醮　吴月娘听尼僧说经》里写西门庆为了李瓶儿生下官哥儿，许下在玉

---

① 见《宋史》卷四百五十五《忠义十·陈东传》。

② 见《宣和遗事》后集宣和七年事。

③ 见《宣和遗事》后集宣和七年事："庚申，徽宗内禅，以道君号退居龙德宫，皇太子即皇帝位。"

皇庙请吴宗哲道官打一百二十分清醮，并且把官哥儿寄在道官名下，排名吴应元。当天，应伯爵和谢希大也来帮衬凑趣：

> 吃毕茶，一同摆斋，放了两张桌，桌上堆的咸食斋馔，点心汤饭，甚是丰洁。西门庆宽去衣服，同吃了早斋。原来吴道官叫了个说书的说《西汉评话·鸿门会》。

根据传世的宋刊本《五代史平话》① 和元代至元年间建安虞氏刊本《武王伐纣书》《乐毅图齐七国春秋后集》《秦并六国》《前汉书续集》《三国志》② 看来，可以断定从宋代到元代的书肆曾经有计划地印行过“全史平话”之类的通俗历史故事读物。又根据《乐毅图齐七国春秋后集》和《前汉书续集》看来，可以断定还有《前集》和《正集》。再根据《前汉书续集》的内容从项羽自刎于乌江开篇，那么，“鸿门会”的故事肯定出自已佚的《前汉书平话》，而且《金瓶梅词话》的作者肯定是看到过的。

2. 虞姬故事。《金瓶梅词话》第一回《景阳冈武松打虎　潘金莲嫌夫卖风月》在写主要人物武松出场之前，用了相当长的篇幅写了几个流传民间的历史人物故事。虞姬和项羽的故事便是最先提出来的。作者叙述这个悲剧情节一共用了三百零九个字，其中包括一首七言绝句。尽管作者可能在这一段文字上下过一些润色的功夫，但是从其遣词用语看来，应该和第三十九回提到的“鸿门会”的出处相同，即《西汉平话》，也就是《前汉书平话》。

---

① 今存宋刊本、武进董氏诵芬室影印本及排印本。书分《梁史平话》《唐史平话》《晋史平话》《汉史平话》《周史平话》各二卷。

② 今存元刊本、影印本及排印本。书各三卷，题“新刊全相平话”，上图下文。

三、《续前汉书平话》

1. 彭越故事。《金瓶梅词话》第九十九回《刘二醉骂王六儿　张胜忿杀陈经济》里写陈经济暗地教唆春梅为报守备府虞候张胜的舅子坐地虎刘二打他酒店的仇恨，怂恿周守备“结果了（张胜）这厮”，不想这个私房话被张胜偷听了去，张胜先下手为强，倒把陈经济用刀扎死了。作者为了这个情节的安排，特地在第九十八回《陈经济临清开大店　韩爱姐翠馆遇情郎》里伏下了一笔：

> 有分教：数个人死于非命！陈经济一种死，死之太苦；一种亡，亡之太屈。死的不好，相似那五代的李存孝，《汉书》中彭越。

彭越被刘邦杀害的故事见于《续前汉书平话》卷中①，《金瓶梅词话》的作者应该是熟习的，所以信手拈来，作为比喻，不过比喻未免不伦而已。

2. 戚姬故事。《金瓶梅词话》第一回《景阳冈武松打虎　潘金莲嫌夫卖风月》里在叙说了项羽和虞姬的故事之后，紧接着又用了三百七十八个字叙说了吕雉害死戚姬和赵王如意的故事。显然可见作者是压缩了《续前汉书平话》卷中的文字，如刘邦枕戚姬而卧和商山四皓谏立刘盈嗣统等情节。

作者在叙说了虞姬和戚姬的悲剧以后，又用了九十一个字作出小

---

① 明冯梦龙《警世通言》卷十三《三现身包龙图断冤》叙兖州府奉符县押司孙文为小孙押司谋杀一案故事云：“却教孙押司只就当年当月当日当夜，死得不如《五代史》李存孝、《汉书》里彭越。”疑此则系宋元间话本《三现身》，故以当时市坊间流行之《续前汉书平话》及《五代史平话》中故事作譬也。

结，并且“有诗为证”：

刘项佳人绝可怜，英雄无策庇婵娟。戚姬葬处君知否？不及虞姬有墓田。

这个小结实际上是照应这部长篇“开宗明义第一章”所引的那阕词：

丈夫只手把吴钩，欲斩万人头。如何铁石打成心性，却为花柔？　请看项籍并刘季，一似使人愁；只因撞着虞姬戚氏，豪杰都休！①

然后才开始写“虎中美女”引出的“风情故事”。至于作者为什么要把这两个妇人作为“入话”，我将在另一篇文章里进行探讨。

四、《五代史平话》

1.《梁史平话》。《金瓶梅词话》第十一回《潘金莲激打孙雪娥　西门庆梳笼李桂姐》里写西门庆在李桂姐家寻欢作乐时，作者“有诗为证”：

琉璃钟，琥珀浓，小槽酒滴珍珠红。烹龙炮凤玉脂泣，罗帏绣幕围香风。吹龙笛，击龟鼓，皓齿歌，细腰舞，况是青春莫虚

① 此词调寄【眼儿媚】，宋卓田撰。卓氏，字稼轩，号西山，福建建阳三山人，登宋宁宗开禧元年乙丑（1205）进士第。最早论及此词者为元蒋正子《山房随笔》。明陈耀文《花草粹编》卷四收之。题《题苏小楼翰》，署“卓田，字稼轩，三山人”。明洪楩《六十家小说》所收《刎颈鸳鸯会》中亦引此词。

度。银缸掩映娇娥语，酒不到刘伶坟上去。

这阕词也见于《宣和遗事》前集，我们在前文已经指出。尽管《宣和遗事》有宋刊本①，但是只有影印本②行世，我们未见原书，不能率尔断定它和元代刊本③的纵横关系和传承次第，所以只好并存，也借以说明《金瓶梅词话》的作者取材途径异常多样。

《梁史平话》中引用此词是在描述唐僖宗时裴渥招安王仙芝和黄巢的宴会。

2.《唐史平话》。《金瓶梅词话》第九十八回《陈经济临清开大店　韩爱姐翠馆遇情郎》里为第九十九回陈经济的悲惨命运伏下一笔时说：

相似那五代的李存孝。

李存孝是晋王李克用的假子，《唐史平话》卷上有许多文字述记他的军功，但是他受到李存信的谗谮，竟被李克用车裂而死，因此《金瓶梅词话》的作者在这里将其比拟陈经济的下场。

五、《六十家小说》

明代嘉靖间钱塘洪楩刊有宋、元间平话六集，集各十种，合计六

---

① 清黄丕烈《重刊宋本〈宣和遗事〉跋》称藏有宋刊二卷本《宣和遗事》二部，因据以重刊行世。渠所藏宋刊本不知归何许，本文所据为黄氏重刊本。明末刊本有图，系旌德郭卓然所刻，传本今在台湾省。曾见吴兴陶氏抄本二卷，今藏内蒙古自治区呼和浩特市图书馆。另有四卷本则金陵王氏洛川校正重刊本。

② 见民国三年甲寅（1914）上海扫叶山房影印黄氏士礼居重刊本。

③ 如据宋刊本《宣和遗事》避宋光宗赵惇之名“惇”字讳为“悙”字，则《宣和遗事》刊行远在元代至元间刊行各种“全相平话”之前。

十种。[①] 今仅存《雨窗集》上集五种，《欹枕集》上集残存二种、下集五种[②]和不悉出自何集者十五种[③]，合计二十七种，尚不及全书之半。《金瓶梅词话》的文字有五处出自现存的《六十家小说》，计出自《雨窗集》的一种和不知出自何集的四种，现在根据它们出现于《金瓶梅词话》中的回目次第分别列出。

1.《刎颈鸳鸯会》。[④]《金瓶梅词话》第一回《景阳冈武松打虎 潘金莲嫌夫卖风月》里开始便引了一阕词，词曰：

> 丈夫只手把吴钩，欲斩万人头。如何铁石打成心性，却为花柔？　请看项籍并刘季，一似使人愁；只因撞着虞姬戚氏，豪杰都休！

这阕词，最早见于元代蒋正子的《山房随笔》[⑤]，也见于明代陈

---

① 戴望舒据顾修《汇刻书目初编》考定今日见存之所谓《清平山堂话本》应正名为《六十家小说》，即《雨窗》《长灯》《随航》《欹枕》《解闲》《醒梦》六集，集各收话本十篇。见戴望舒著，吴晓铃编《小说戏曲论集》，作家出版社 1958 年版。

② 《雨窗集》现存五种：《花灯轿莲女成佛记》《曹伯明错勘赃记》《错认尸》《董永遇仙记》《戒指儿记》，不悉上集抑下集。《欹枕集》上集残存二种：《羊角哀死战荆轲》及《死生交范张鸡黍》。下集存五种：《老冯唐直谏汉文帝》《汉李广世号飞将军》《夔关姚卞吊诸葛》《霅川萧琛贬霸王》《李元吴江救朱蛇》。原刊本系鄞县（今浙江省宁波市鄞州区）范氏天一阁旧藏，后归鄞县马氏不登大雅之堂，今在北京大学图书馆。

③ 此十五种为《柳耆卿诗酒玩江楼记》《简帖和尚》《西湖三塔记》《合同文字记》《风月瑞仙亭》《蓝桥记》《快嘴李翠莲记》《洛阳三怪记》《风月相思》《张子房慕道记》《阴骘积善》《陈巡检梅岭失妻记》《五戒禅师私红莲记》《刎颈鸳鸯会》《杨温拦路虎传》，均不悉属诸何集。原刊本今存日本内阁文库书陵部，鄞县马氏（廉）曾据以影印行世，命名《清平山堂话本》。

④ 见《清平山堂话本》第十四种，一名《三送命》，又名《冤报冤》。明晁瑮《宝文堂书目》著录。明冯梦龙《警世通言》卷三十八收之，题《蒋淑真刎颈鸳鸯会》。

⑤ 见元蒋正子《山房随笔》，《知不足斋丛书》本第十九集。

耀文的《花草粹编》①，但是我们有证据说《金瓶梅词话》是直接录自《刎颈鸳鸯会》，既不是出自元代的《山房随笔》，更不会是迟于《金瓶梅词话》问世以后的《花草粹编》。《刎颈鸳鸯会》正是从引用【眼儿媚】开始的，然后发挥了一通道理：

> 右诗②、词各一首，单说着“情”“色”二字。此二字乃一体一用也，故色绚于目，情感于心；情色相生，心目相视，虽亘古迄今，仁人君子弗能忘之。晋人有云：“情之所钟，正在我辈。”慧远曰：“顺觉如磁石遇针，不觉合为一处。无情之物尚尔，何况我终日在情里做活计耶！”

再看《金瓶梅词话》这段文字：

> 此一只词儿，单说着“情”“色”二字，乃一体一用。故色绚于目，情感于心；情色相生，心目相视，亘古及今，仁人君子弗合忘之。晋人云：“情之所钟，正在我辈。”如磁石吸铁，隔碍潜通。无情之物尚尔，何况为人终日在情色中做活计。

抄袭痕迹显然毕露！最后的“一节”二字更是破绽，它只能揭示《金瓶梅词话》的作者在初稿里留下的抄写《刎颈鸳鸯会》这段文字的标记，说明“一节”以上都是《刎颈鸳鸯会》的文字，以下才是作者分析【眼儿媚】的内涵的文字。

---

① 见明陈耀文《花草粹编》卷四，题《题苏小楼翰》，署“卓田，字稼轩，三山人”。

② 引诗为：眼意心期卒未休，暗中终拟约秦楼。光阴负我难相偶，情绪牵人不自由。遥夜定怜香蔽膝，闷时应弄玉搔头。樱桃花谢梨花发，肠断青春两处愁。

2.《简帖和尚》①。《金瓶梅词话》第二十回《孟玉楼义劝吴月娘　西门庆大闹丽春院》里写西门庆和李瓶儿的“相怜相爱”情景时，“有词为证”：

> 淡画眉儿斜插梳，不忻拈弄倩工夫，云窗雾阁深深许，蕙性兰心□□□。　□□□，□□□，神仙标格世间无。从今罢却相思调，美满恩情锦不如。②

又，《金瓶梅词话》第八十三回《秋菊含恨泄幽情　春梅寄柬谐佳会》里写陈经济和春梅“不胜欢谑”时，也“有诗为证”：

> 淡画眉儿斜插梳，不欣拈弄绣工夫。云窗雾阁深深许，静坐芸窗学景书。　多艳丽，更清姝，神仙标映世间无。当初只说梅花似，细看梅花却不如。③

事实上，这两回里的“有词为证”，都是借自《六十家小说》里的《简帖和尚》的文字，尽管作者根据场景的不同需要，做了一些词

---

① 见《清平山堂话本》第二种，一名《胡姑姑》，又名《错下书》。明晁瑮《宝文堂书目》及钱曾《也是园书目》并著录。明冯梦龙《古今小说》卷三十五收之，题《简帖僧巧骗皇甫妻》。

② 引词有讹字及脱文。“忻”字正作“忺”字，“倩”字正作“绣”字，“许”字正作“处”字，“蕙性兰心”原作“静拂云笺”，“从今罢却相思调”原作“当时只说梅花似”，“美满恩情锦不如”原作“细看梅花却不如”。脱文据《清平山堂话本》应补“学草书，多艳丽，更清姝”九字。云“原作”者，疑系《金瓶梅词话》作者改易之笔。

③ 引词文字较第二十回近于《清平山堂话本》，然亦间有异文。如“欣”字正作“忺”字，“许”字正作“处”字，“静坐芸窗学景书”原作“静拂云笺学草书”，“景”字讹，正作“草”字是。“标映”不辞，正作“标格”是。

语的改换。我们不妨把《简帖和尚》的这阕词也抄了出来，以资比勘：

> 淡画眉儿斜插梳，不忺拈弄绣工夫。云窗雾阁深深处，静拂云笺学草书。　多艳丽，更清姝，神仙标格世间无。当时只说梅花似，细看梅花却不如。

3.《戒指儿记》①。《金瓶梅词话》第三十四回《书童儿因宠揽事　平安儿含恨截舌》里写西门庆判定的一桩命案，是陈参政的女儿和阮三苟合、阮三致死的案情。第五十一回《月娘听演金刚科　桂姐躲在西门宅》里又写西门庆在吴月娘屋里看见薛姑子，不由得又想起阮三的案件，原来是薛姑子给阮三和陈小姐做的牵头。

按：阮三的故事毕见《六十家小说》里的《戒指儿记》，被《金瓶梅词话》的作者生生捏合在西门庆的身上，又把原话本里的王守长尼姑改头换面为薛姑子；只不过所截取的情节限于《戒指儿记》前半部故事，不但删略掉原话本的收缘结果，而且对前半部也进行了大量的压缩。究其捏合这个故事的原因，很显然是作者在第五十一回里写西门庆憎恶“贼胖秃淫妇”尼姑，隐讳地批评吴月娘好佛，所以在第三十四回里伏下一笔。

须知，《金瓶梅词话》的作者善于移花接木地牵引前人成篇，但是并不照抄了事，而是采用了各式各样的巧妙手法，这里便是其中的一个方式。关于这种修饰（“Rhetoric”，梵文是“Alamkara”，释典义译“庄严”），我们在后面还会提出。

---

① 见《雨窗集》上集第五种，明冯梦龙《古今小说》卷四收之，题《闲云庵阮三偿冤债》。

4.《五戒禅师私红莲记》[①]。《金瓶梅词话》第七十三回《潘金莲不愤忆吹箫　郁大姐夜唱闹五更》里写吴月娘“洗手，向炉中炷了香，听薛姑子讲说佛法”。那薛姑子先念偈曰：

禅家法教岂非凡，佛祖家传在世间；落叶风飘着地易，等闲复上故枝难。

从这四句诗开始，下面用了一千三百五十二个字叙述宋英宗治平年间（1064—1067）钱塘净慈寺里五戒和明悟两个禅师与女子红莲的一段孽缘。这段孽缘基本上是根据《六十家小说》里的《五戒禅师私红莲记》。当然，也有压缩、删略改动，自不待言。压缩是指叙事部分一概从简，删略的是那些猥亵的诗词和五戒再世为苏轼、明悟来生为佛印的部分，改动的则是原作里诗句的个别字眼。改易的原因可以一眼看出，即通俗化。否则，很难想象出自薛姑子之口，吴月娘等女流能够听得懂。

又，《金瓶梅词话》第一百回《韩爱姐湖州寻父　普静师荐拔群冤》里写吴月娘在永福寺把孝哥儿许给普静师父做弟子，“当下这普静老师领定孝哥儿，起了他一个法名，唤做明悟，作辞月娘而去”。不言可喻的是，命名明悟不但切题，而且和明悟禅师赶五戒和尚的传说前后照应，相映成趣，俱见作者匠心所在，并非无意着笔。

《五戒禅师私红莲记》是从宋代以来在我国民间流传很广的故事，

---

① 见《清平山堂话本》第十三种，明晁瑮《宝文堂书目》著录。明冯梦龙《古今小说》卷三十收之，题《明悟禅师赶五戒》。清叶岑翁《警世奇观》收之，则选自《古今小说》。明赤心子《绣谷春容》和集收之，题《东坡佛印二世相会》。明余公仁《燕居笔记》卷九收之，亦题《东坡佛印二世相会传》。明田汝成《西湖游览志馀》卷二十引平话有《红莲》之目，云是“近世拟作”，殆指《古今小说》而言。

在《六十家小说》之后，明代末叶冯梦龙在他编纂的《古今小说·喻世明言》卷三十里也收入了，不过改称为《明悟禅师赶五戒》而已。又同书卷二十九的《月明和尚度柳翠》里谈到因果，也捏合了玉通禅师和妓女红莲的故事，但是做了较大的变动，看来应该和《燕居笔记》里的《柳府尹遣红莲破月明和尚记》是同一个来源，而《五戒禅师私红莲记》则和《绣谷春容》里的《东坡佛印二世相会》是同一个来源。

5.《杨温拦路虎传》①。《金瓶梅词话》第九十回《来旺盗拐孙雪娥　雪娥官卖守备府》里写清河县令李达天的衙内李拱璧去逛永福寺庙会时，恰逢吴月娘和孟玉楼、大妗子三人在寺外高阜处“幕天席地，设下酒肴”，“看教师走马耍解的”，瞥见孟玉楼，“不觉心摇目荡”，后来竟千方百计娶到家里。作者在这里闲中着笔，夹叙了一下观看卖解的情景：

> 那日穿着一弄儿轻罗软滑衣裳，头戴金顶缠棕小帽，脚踏干黄靴，纳绣袜口，同廊史何不违带领二三十好汉，拿弹弓、吹筒、球棒在于杏花庄大酒楼下看教场李贵走马卖解、竖肩桩、隔肚带、轮枪舞棒，做各样技艺顽耍。有这许多男女围着烘笑。
>
> 那李贵浑名号为“山东夜叉”。

下面形容李贵的服饰和马匹、兵刃，还有李贵一套叶韵的自吹自擂的独白，不具引。

这个李贵是作者从《六十家小说》里借用来的，出自《杨温拦路虎传》：

---

① 见《清平山堂话本》第十五种。明晁瑮《宝文堂书目》著录。

> 这人是个使棒的，姓李，名贵，浑名叫做“山东夜叉”。

细心的读者可能会发现在《金瓶梅词话》这一回里，李贵只是一个浮光掠影、昙花一现的人物，他的最大作用也不过是作为李拱璧和孟玉楼初次偶然遇合的触媒而已。殊不知这正是作者的“草蛇灰线”手法，直到第九十九回《刘二醉骂王六儿　张胜忿杀陈经济》里写张胜挟仇杀死陈经济后被巡风的李安截住：

> 张胜就向李安戳一刀来。李安冷笑，说道：“我叔叔有名‘山东夜叉’李贵，我的本不用借！”早飞起右脚，只听忒楞的一声，把手中刀子踢落一边。张胜急了，两个就揪采在一处，被李安一个泼脚跌番在地，解下腰间缠带，登时绑了，攮的后厅。

后来春梅因见李安是一条好汉，便和当年潘金莲调戏武松的手法相似①，想要勾搭李安。李安的母亲想得一个脱身之计：

> “你且投到你叔叔‘山东夜叉’李贵那里住上几个月，再来看事故何如？”
>
> 这李安终是个孝顺的男子，就依着娘的话，收拾行李，往青州府投他叔叔李贵去了。

李安的困境用李贵来解决，这不只是证明李贵在第九十回里的亮

---

① 见《忠义水浒全传》第二十四回，又见《金瓶梅词话》第一回《景阳冈武松打虎　潘金莲嫌夫卖风月》。

相并非赘笔，而且由于李安的脱逃，才引起春梅又复私通老家人周忠的儿子周义，“朝来暮往，淫欲无度，生出骨蒸痨病症”，和西门庆的死法如出一辙，春梅的死结束了“金、瓶、梅”里三个主要妇人的最后一个生命，是大关目。李安的关键性出走，注定了春梅的结局，也落下了这部作品的大幕，李贵在其中所起的作用远比在《杨温拦路虎传》里重要得多。

六、《京本通俗小说》①

1.《西山一窟鬼》②。《金瓶梅词话》第六十二回《潘道士解禳祭灯法　西门庆大哭李瓶儿》里写西门庆为病重的李瓶儿遣邪驱祟，请来五岳观的道士潘驱鬼建坛作法：

> 这潘道士焚符喝道：“值日神将不来等甚!”噀了一口法水去，见一阵狂风所过，一黄巾力士现于面前，但见：
>
> 黄罗抹额，紫绣罗袍。狮蛮带紧束狼腰，豹皮裈牢拴虎体。常游云路，每历罡风。洞天福地片时过，岳渎酆都撚指到。业龙作孽，向海底以擒来；妖魅为殃，劈山穴而提出。玉皇殿上称为符使之名，北极车前立有天丁之号。常在坛前护法，每来世上降魔。胸悬雷部赤铜牌，手执宣花金蘸斧。
>
> 那位神将拱立阶前，大言：“召吾神那厢使令?”

① 见《京本通俗小说》残本，存第十卷至第十六卷，唯见缪荃孙《烟画东堂小品》收入之覆宋元间刻本。近世有谓系缪氏摘取“三言”中宋代话本七篇仿元刻法伪制者。

② 见《京本通俗小说》第十二卷，明冯梦龙《警世通言》卷十四收之，题《一窟鬼癞道人除怪》，注云：“宋人小说，旧名《西山一窟鬼》。”

再看《警世通言》卷十四把《西山一窟鬼》改名《一窟鬼癞道人除怪》的这一段，便可以明了《金瓶梅词话》的渊源所自和斧凿痕迹了：

那个道人作起法来，念念有词，喝声道："疾！"只见一员神将出现：

黄罗抹额，锦带缠腰。皂罗袍袖绣团花，金甲束身微窄地。剑横秋水，靴踏狻猊。上通碧落之间，下彻九幽之地。业龙作祟，向海波水底擒来；邪怪为妖，入山洞穴中捉出。六丁坛畔，权为符吏之名；上帝阶前，次有天丁之号。

2.《志诚张主管》①。《金瓶梅词话》第一回《景阳冈武松打虎　潘金莲嫌夫卖风月》里写潘金莲的出身：

南门外潘裁的女儿，排行六姐。因他自幼生得有些颜色，缠得一双好小脚儿，因此小名金莲。父亲死了，做娘的因度日不过，从九岁卖在王招宣府里，习学弹唱……

这一段叙说显然是袭自《志诚张主管》里叙说王招宣府里的小夫人出身。不过，《志诚张主管》里没有用过多的笔墨交代王招宣府的来龙去脉，而《金瓶梅词话》的作者则把它和作品里的人物和内容组织成有机体，不但把《志诚张主管》里的"无是公"王招宣生扭做一个王景崇、王逸轩和王三官小轩祖孙三代②，而且还让王三官认了西门庆

① 见《京本通俗小说》第十三卷，明冯梦龙《警世通言》卷十六收之，题《小夫人金钱赠年少》。

② 见《金瓶梅词话》第七十七回《西门庆踏雪访爱月　贲四嫂倚牖盼佳期》。

做义父[1]，王三官的母亲林太太做了致西门庆死亡的外宠[2]，西门庆还得陇望蜀地空想勾搭上王三官的妻子黄氏[3]，其捋扯捏合的手法称得起是纵横六合、驰骋四野。不唯此也，作者还借着月娘的嘴揭了潘金莲的出身："他（林太太）说你从小儿在他家使唤来！"把个潘金莲羞得"脸掣耳朵带脖子红了"。这就一下子翻回到第一回叙说潘金莲出身的话头，前后照应得滴水不漏，比起《志诚张主管》的简单内容，针线细密，丰满异常，其作者称得起是"点铁成金"的斫轮巨匠。

非但此也，《金瓶梅词话》第八十八回《潘金莲托梦守御府　吴月娘布施募缘僧》里提到的陈经济姑父张世廉，也是《志诚张主管》里的一个人物。[4] 第一百回《韩爱姐湖州寻父　普静师荐拔群冤》里写春梅嘱咐养娘金匮在夜间赠送李安银两和衣服的情节，同样是脱胎于《志诚张主管》。

七、《古今小说》[5]

1.《三梦僧记》[6]。《金瓶梅词话》第九十八回《陈经济临清开大店　韩爱姐翠馆遇情郎》的后三分之二文字和第九十九回《刘二醉骂王六儿　张胜忿杀陈经济》的前四分之一文字所写的陈经济在临清码

---

① 见《金瓶梅词话》第七十二回《王三官拜西门为义父　应伯爵替李铭释冤》。

② 见《金瓶梅词话》第六十九回《文嫂通情林太太　王三官中诈求奸》及第七十八回《西门庆两战林太太　吴月娘玩灯请蓝氏》。

③ 见《金瓶梅词话》第六十八回《郑月儿卖俏透密意　玳安殷勤寻文嫂》。

④ 见《金瓶梅词话》第七十九回《西门庆贪欲得病　吴月娘墓生产子》。

⑤ 明冯梦龙就"家藏古今通俗小说"（《古今小说》卷首绿天馆主人《叙》）选辑一"古今名人演义一百二十种，先以三之一为初刻"（《古今小说》封面天许斋主人识），即明泰昌、天启间（1620—1627）刊行之《古今小说》四十卷四十篇是。冯氏后复续选《警世通言》及《醒世恒言》二种，各四十卷，因于重刊《古今小说》时易名为《喻世明言》，即今通称为"三言"者是。

⑥ 见明晁瑮《宝文堂书目》。

头上开店时和韩道国、王六儿的女儿那桩露水夫妻的遇合，完全和《古今小说》第三卷《新桥市韩五卖春情》里所写的临安府所属湖墅的新桥富户吴山在桥市上的丝绵店里和游女韩赛金的那桩姻缘一般无二。① 这里，我们只拿吴山与韩赛金和陈经济与韩爱姐的往来情简做个比较，便足以证明其因袭关系了。

韩赛金给吴山的情简写道：

贱妾赛金再拜！谨启情郎吴小官人：自别尊颜，思慕之心，未尝少怠，悬悬不忘于心。向蒙期约，妾倚门凝望，不见降临。昨遣八老探拜，不遇而回。妾移居在此，甚是荒凉。听闻贵恙灸火疼痛，使妾坐卧不安。空怀思忆，不能代替。谨具猪肚二枚，少申问安之意，幸希笑纳。情照不宣。仲夏二十一日，贱妾赛金再拜。

再看韩爱姐的柬帖：

贱妾韩爱姐敛衽拜！谨启情郎陈大官人台下：自别尊颜，思慕之心，未尝少怠，悬悬不忘于心。向蒙期约，又承厚款。妾倚门凝望，不见降临蓬荜。昨遣八老探问起居，不遇而回。听闻贵恙欠安，令妾空怀怅望，坐卧闷恹，不能顿生两翼而傍君之足下也。君在家自有娇妻美爱，又岂肯动念于妾？犹吐去之果核也。兹具腥味、茶盒数事，少申问安诚意。幸希笑纳，情照不宣。外具锦绣鸳鸯香囊一个，青丝一缕，少表寸心。仲夏念日，贱妾爱姐再拜。

① 《金瓶梅词话》作者就人名、地名及情节有若干处变更及修饰。

看看吴山的回信：

山顿首！字覆爱卿韩五娘妆次：向前会间，多蒙厚款。又且云情雨意，枕席钟情，无时少忘！所期正欲趋会，生因贱躯灸火，有失卿之眄望。又蒙遣人垂顾，兼惠可口佳肴，不胜感感！二三日间，容当面会。白金五两，权表微情，伏乞收入。吴山再拜。

陈经济又是怎么答复韩爱姐的呢？

经济顿首！字覆爱卿韩五姐妆次：向蒙会问，又承厚款。亦且云情雨意，衽席钟爱，无时少怠！所云期望，正欲趋会，偶因贱躯不快，有失卿之眄望。又蒙遣人垂顾，兼惠可口佳肴，不胜感激！只在二三日间，容当面布。外具白金五两，绫帕一方，少申远芹之敬，伏乞心鉴，万万。经济再拜。

两问两答，如出一辙，何其相似乃尔！那么它们彼此间究竟存在着什么关系呢？我的意见是：两者同一个来源，不过《古今小说》比《金瓶梅词话》更接近于原本。而那个原本便是已经佚去的宋代话本《三梦僧记》。①

2. 《种瓜张老》②。《金瓶梅词话》第一回《景阳冈武松打虎　潘

---

① 余有专文考证，见《评〈古今小说〉》，刊《汉学》二卷四期（法文本），巴黎大学北京汉学研究所，1949 年。

② 见《古今小说》第三十三卷，题《张古老种瓜娶文女》。明晁瑮《宝文堂书目》及钱曾《也是园书目》并著录，均作《种瓜张老》。

金莲嫌夫卖风月》里写潘金莲在大雪之夜调戏武松被拒的情节里有一段描写“纷纷扬扬飞下一天瑞雪来”的《临江仙》①：

万里彤云密布，空中祥瑞飘帘，琼花片片舞前檐。剡溪当此际，濡滞子猷船。　　顷刻楼台都压倒，江山银色相连。飞盐撒粉漫连天，当时吕蒙正，窑内嗟无钱。

这阕词是化自宋代的晏殊所作《临江仙》，宋人话本《种瓜张老》的文字如下：

万里彤云密布，长空琼色交加，飞如柳絮落泥沙。前村归去路，舞袖拂梨花。　　此际堪描何处景，江湖小艇渔家。旋斟香醞过年华，披蓑乘远兴，顶笠过溪沙。

虽然用韵不同，但是仍旧能够看得出来《金瓶梅词话》的作者是根据原作润色的。②

第三十九回《西门庆玉皇庙打醮　吴月娘听尼僧说经》里写西门庆到玉皇庙给官哥儿寄名在道官吴宗哲的名下以保安宁，这里形容道观的一大段赞词里的“青松郁郁，翠柏森森”虽然基本上是撷取《忠义水浒全传》第一回描写江西龙虎山上清宫的文字，但是也和《种瓜张老》里写韦义方到种瓜张老家寻找妹妹文女时看见翠竹亭的景致“茂林郁郁，修竹森森”相似。

---

① 此系宋晏殊词，见毛氏汲古阁刊《宋六十家词》本之《珠玉集》。然作者所引当据《种瓜张老》，或直接录自《忠义水浒全传》第二十四回。

② 明许仲琳《封神演义》第八十九回《纣王敲骨剖孕妇》中衍殷纣与妲己张筵鹿台赏雪之赞似自原作所出。

3.《赵正侯兴》①。《金瓶梅词话》第二回《西门庆帘下遇金莲 王婆贪贿说风情》里写西门庆眼里的潘金莲是：

> 黑鬒鬒赛鸦翎的鬓儿，翠湾湾的新月的眉儿，清冷冷杏子眼儿，香喷喷樱桃口儿，直隆隆琼瑶鼻儿，粉浓浓红艳腮儿，娇滴滴银盆脸儿，轻袅袅花朵身儿，玉纤纤葱枝手儿，一捻捻杨柳腰儿，软浓浓白面脐肚儿，窄多多尖趫脚儿，肉奶奶胸儿，白生生腿儿……

这一段描写生动、形象的美人赞是从《古今小说》第三十六卷《宋四公大闹禁魂张》里借用并加以修饰而来的。

> 黑丝丝的发儿，白莹莹的额儿，翠弯弯的眉儿，溜度度的眼儿，正隆隆的鼻儿，红艳艳的腮儿，香喷喷的口儿，平坦坦的胸儿，白堆堆的奶儿，玉纤纤的手儿，细袅袅的腰儿，弓弯弯的脚儿。

在《宋四公大闹禁魂张》里，这一段形容宋代大盗宋四公夜探东京著名的“欧也妮·葛朗台”式人物、开质库的富豪张员外内宅看见的一个妇女的形象。《金瓶梅词话》的作者在汲取之后，又赋予其再度的艺术加工，使之达到青出于蓝的美感效果。《宋四公大闹禁魂张》写宋四公和他的两个徒弟赵正、侯兴的江湖盗窃生涯，其文字风格很有特色，一望可知是宋元间的作品。我们认为它是冯梦龙见到过的《赵正侯兴》话本，冯梦龙将其改变题名，收入《古今小说》。《赵正

① 见《古今小说》卷三十六，题《宋四公大闹禁魂张》。明晁瑮《宝文堂书目》著录，题《好儿赵正》及《宋梢公案》，疑均此本别名。今据元钟继先《录鬼簿》卷上“陆显之”条定名。宋罗烨《醉翁谈录》之《舌耕叙引》记话本名目有“也说赵正激恼京师”，正指此本。

侯兴》曾见著录于明代嘉靖间著名藏书家晁瑮的《宝文堂书目》。又，元代的戏剧作家钟继先在《录鬼簿》卷上的“陆显之”条注云：“汴梁人，有《好儿赵正》话本。”看来《好儿赵正》便是《赵正侯兴》，这个话本写的是汴梁故事，陆显之恰好是汴梁人，可能这个话本便出于他的手笔，这也就证实了这个话本是宋元间的作品。

《金瓶梅词话》第八回《潘金莲永夜盼西门庆　烧夫灵和尚听淫声》里写西门庆在武大家里和潘金莲私会，夹写了一段“天色晚来”的景色：

密云迷晚岫，暗雾锁长空。群星与皓月争辉，绿水共青天斗碧。僧投古寺，深林中嚷嚷鸦飞；客奔荒村，间巷内汪汪犬吠。枝上子规啼夜月，园中粉蝶戏花来。

这也是《赵正侯兴》里的变种：

暮云迷远岫，薄雾卷晴空。群星共皓月争光，远水与山光斗碧。深林古寺，数声钟韵悠扬；曲岸小舟，几点渔火明灭。枝上子规啼夜月，花间粉蝶宿芳丛。

当然，《金瓶梅词话》在文字因袭上以《忠义水浒全传》的数量为最多。上面的一段赞子也见于《忠义水浒全传》第三十七回《没遮拦追赶及时雨　船火儿夜闹浔阳江》里叙述宋江和两个公人赶路的境界：

暮烟迷远岫，寒雾锁长空。群星拱皓月争辉，绿水共青山斗碧。疏林古寺，数声钟韵悠扬；小浦渔舟，几点残灯明灭。枝上子规啼夜月，园中粉蝶宿花丛。①

虽然文字比《赵正侯兴》更接近《金瓶梅词话》所引，但是我们还是认为二者都是依据比它更早的《赵正侯兴》的文本。

4.《三现身》。《金瓶梅词话》第二十九回《吴神仙贵贱相人 潘金莲兰汤午战》里写周守备向西门庆荐举的相面先生吴神仙是：

能通风鉴，善究子平。观乾象能识阴阳，察龙经明知风水。五星深讲，三命秘谈。审格局，决一世之荣枯；观气色，定行年之休咎。若非华岳修真客，定是成都卖卜人。

《警世通言》卷十三的《三现身包龙图断冤》是冯梦龙收入的宋代话本，不但从开头的“话说大宋元祐年间”的口吻可以断定，而且从内容和文字上更可以得出本证，我认为是久佚的话本《三现身》。②其中形容金陵术士边瞽的赞词正是《金瓶梅词话》里形容浙江仙游道士吴奭的赞词的出处：

精通周易，善辨六壬。瞻乾象遍识天文，观地理明知风水。五星深晓，决吉凶祸福如神；三命秘谈，断成败兴衰似见。

（原载中国金瓶梅学会编《金瓶梅研究》第二辑，江苏古籍出版社 1991 年版）

---

① 并见《忠义水浒全传》第四十三回《假李逵剪径劫单人 黑旋风沂岭杀四虎》。

② 见宋罗烨《舌耕叙引》记“公案”话本名目有《三现身》。

《金瓶梅词话》的方言语音初探

就我国通俗文学和讲唱文学的文字和语言来说，无论是作家的创作还是说唱者的演出，他们首先考虑的是作品的普及性，也就是扩大作品的读者面和听众面。唯有这样，才能达到他们宣传的目的，或挣钱的目的。就作品的普及性来说，最重要的是工具问题，即作者、讲者使用的作为交流思想的外壳的语言问题。因此不管作者、讲者的口语属于什么方言区，他们的作品里使用的语言必须是绝大多数读者和听者能够懂得和理解的语言，就是旧时所谓的“天下之通语”，或名为“官语”（Mandarin）、“国语”或“普通话”。简单地说，就是我们通常用的“全民共同语”。

无可讳言，作者和讲者的口语发音总是从属于他们的特殊语音系统，即方言语系。方言是汉语的区域性变体，是区域局限性的语言，其语音、词汇和语法的特征为某地区所独有，而为其他地区所无者。

在方言的三个要素里，语音最能体现方言的特点；尽管和相近的方言区的语音只存在着细微的差异，然而在使用者的耳朵里是能很容易地辨析出来的。这里试以《金瓶梅词话》做个标本，来看看人们是怎样分析其所用的方言的。

绝大多数的学者认为《金瓶梅词话》使用的是山东方言，其代表人物是郑振铎和吴晗。

另一些学者认为《金瓶梅词话》使用的是吴语，即江苏省武进县（今江苏省常州市武进区）的方言，戴不凡、张惠英等主之。

第三种是“通语”的主张，即认为作者使用的语言是“官话”。

最后一种的意见包含两类主张：一类是“混合语”说，指作者夹用俗语和文言；另一类则是主张夹用“官话”和方言。

必须指出的是，上面四种意见的主要根据是作品里的词语。词语在语言词汇学上的范围是很广泛的，属于“面”的范畴。一个词可以既属于北方官话区，同时也流行于西南官话区。根据作品里的词语推断作家的母语，并从而指证其人的籍贯是很危险的，往往差之毫厘，谬以千里。

语音便不同了，它属“面”的范畴里的某一个“定点”。在这个“定点”之外的发音便完全是另一个样子了。譬如以北京为“定点”，东南距天津市、西南距保定市都是一百二十公里，形成一个三角形的三个顶点，交通方便，因而三市市民的接触也很频繁。从他们使用普通话里的词汇来看，并没有什么显著的不同，但是听听他们的语言声调，区别就很大了。

至于《金瓶梅词话》的作者在创作时使用语言的方法是：整个小说的叙述和描绘用“官话”，尽管其中夹杂着不少的山东特有的词汇。但是为了刻画人物性格，不得不利用方言。这主要表现在潘金莲的“台词”上。

这里举一些例句来看：

一、把—摆（bǎ—bǎi）

摆人的牙花也搁（硌，gè）了　　32/10a①

---

① 例句之回数及页码均据明万历间刊本《金瓶梅词话》。斜杠前为回数，斜杠后为叶数，a 指上半叶，b 指下半叶。

二、知道—赤道（zhī dào—cì dào）

赤道干的什么茧	35/3b
人家当的，赤道好也歹也	46/9b
赤道有要没紧	68/4a
赤道挨磨到多咱晚	68/20a
赤道放在那里	73/18a
赤道天怎么算计	85/9b
那羔子赤道流落在那里讨吃	97/4a

三、吃—乞（chī—qī）

乞那厮局骗了	19/15a
想着先前乞小妇奴才压枉造舌……我陪下	
一二分小心，还乞他奈何的我那等哭哩	20/2a
乞他奈何的人慌	32/4a-b

四、给—几（gěi—jì）

那处几钱儿都是一样	74/6a

五、喝—呵（hē—hά）

等我去呵些汤罢	40/4a
每人呵了一瓯子茶	50/8a
那消费力，几口就呵没了	67/3a
呵了两口汤	68/8b
呵了些茶	72/3a

六、认—印（rèn—yìn）

你印得出自己的样儿来了	19

七、药—月（yào—yuè）

这月来灌我	94/7a

八、国—鬼（guó—guǐ）

韩道国＝韩捣鬼 33/2a

九、个—过（gè—guò）

你放过桶子花我瞧 24/4b

你放过元宵炮熗我听 24/4b

只好招过出家的儿子送老罢了 46/16b

十、特—推（tè—tuī）

鬼酉上车儿——推丑 32/10a

十一、谁—黑（shuí—hēi）

穿黑衣，抱黑柱 72/23a

以上这些都不是刻版工匠的错误，而是作者特意的经营。“摆”“赤”“乞”“几”“呵”“印”“月”“鬼”“过”“推”“黑”等字都不表示该字的意义，只是标注该字的发音，其作用相当于注音字母、国语罗马字、汉语拼音方案和国际音标。作者在四百年前也只能运用这种“直音”的方式来表现字音读法，读者应该理解他的苦衷。如果读者在这种“直音”的运用方式上能够更多地感受到作者描绘人物形象的艺术手法之微妙，那么应该感谢他的苦心。

还应该指出的是，作者只是在特定的情况下把前面举出的字作为音符使用，而这些字在正常的情况下仍旧保持它们的固定意义。如“三不知走到房里”（73/1b）的“知”字便不能读作“赤”音。又如“那姑子吃了茶”（73/2b）的“吃”字也与“乞”字无关。又如“没曾与了别人”（74/1b）的“与”字也与“几”字无关。至于“穿黑衣，抱黑柱”即“穿谁衣，抱谁主”寓言“保主”，则属于另一种情形了。

最后应该提出的是，作者究竟使用的是山东省哪一个地区的方言呢？我的看法是黄河南、淮河北的山东省以济南市为中心的方言，亦即山东省的标准方言。

我一直认为《金瓶梅词话》是章丘县（今济南市章丘区）的李开先所作，以济南市为中心画个圆，章丘县（今济南市章丘区）是在圆形里面的。

（原载钱伯城主编《中华文史论丛》第48辑，上海古籍出版社1991年版）

《一句诗想起两个故事》书后

读年文先生所写《一句诗想起两个故事》，不由得想饶几句舌，都是和《金瓶梅词话》有关系的。

头一个是这部小说的作者“兰陵笑笑生”，为什么自称“兰陵”？看来跟李白的《客中行》联系不上。有些“金学”专家们认为这是指笑笑生的家乡江苏省武进县（今常州市武进区），于是就延伸到作者不是绝大多数学者共识的山东籍的主张，主张作者是嗜饮兰陵酒的“酒徒”，出处见民国间上海卿云书局排印本《古本金瓶梅》的王昙考证，而这四则考证是出版者的伪造，不足据。

第二是年文先生说郑振铎先生认为这部小说是山东枣庄出生的明朝嘉靖间进士贾三近写的，这更毫无根据。郑先生在 1958 年因飞机失事殉职于苏联境内，而主张贾三近是小说作者的学者为张远芬，他有《金瓶梅新证》（齐鲁书社 1984 年 1 月版）论证贾氏是山东省峄县（今枣庄市峄城区）人——他的同乡前辈。1984 年距郑先生逝世已经二十六易寒暑，他不可能“后知五百年”。

第三是年文先生提到“但历史上尚有江苏常州市西北的兰陵，据说《金瓶梅》小说中也有不少江苏土话，于是又有人考证系江苏何允济补写了其中某些回目”。主张这部小说是江苏人写的前有已故的戴不凡，现有在世的张惠英和周维衍①。从作品的语言上进行分析是鉴定作者所属地区的一个方法，但是不能根据词汇，最好是根据语音，因为词汇属于面，而语音能限制在一个定点。如若一位专家从《金瓶梅》里找出很多词，然后得出是鲁语或吴语的结论，就很可能有人提出反证说这些词粤语、闽语、蜀语里也有。但是语音便不同了，北京和天津相距二百四十里，可是在某个词的发音上就大相径庭。

关于这部小说的作者，从明代万历年间直到今天的三百多年里竟达四十多个候选人，不知哪位能够“金榜题名姓字香”？

末了儿，还要向年文先生请教一事，即所说：“又有人考证系江苏何允济补写了其中某些回目。”这“又有人”是哪位先生？其“考证”是否有文章发表及发表于何时、何处？“何允济补写了其中某些回目”是否即明代沈德符在《万历野获编》里所讲的“然原本实少五十三回至五十七回，遍觅不得，有陋儒补以入刻，无论肤浅鄙俚，时作吴语，即前后血脉亦绝不贯串，一见知其赝作矣”？敬请见示。一事不知，耻矣；更何况不知之事车载斗量乎？

① 编者按：周维衍教授已于2004年12月14日去世。

记有关《金瓶梅》的一二事

一、崇祯刊本《金瓶梅》镌刻年代

众所周知，具有代表性和阶段性的《金瓶梅》版本共有三种。

第一种是题称《新刻绣像批评原本金瓶梅》，简名《新刻金瓶梅词话》，即一般叫作“词话本”者是。这个本子的刊刻年代，人们根据卷首《〈金瓶梅〉序》用“东吴弄珠客”笔名的佚名撰人在序末题“万历丁巳季冬”的话，定为明神宗朱翊钧万历四十五年丁巳（1617）。

第二种是公认为的崇祯刊本，其所以认为是崇祯刊本的理由主要是根据版刻的风格，即字体和插图等。然而这位末代皇帝朱由检在位共十七年（1628—1644），《金瓶梅》到底是哪年刊刻的呢？直到现在还没有论定。

第三种是清圣祖爱新觉罗·玄烨康熙三十四年乙亥（1695）题“彭城张竹坡”评点的《第一奇书》本，也是迄今最为普及的刊本。按：评点者姓张，名道深，字自得，号竹坡，江苏铜山（今江苏省徐州市）人，生于康熙九年庚戌（1670），卒于康熙三十七年戊寅（1698），得年仅二十八，可惜福慧难兼，过早地宿了草。

我在这里要解决的是明代崇祯间刊本的近似镌刻年代问题。

这个刊本在每回的前面都附有插图二页，插图的刻工有刘应祖、刘启先、黄汝耀和洪国良等人。见存署洪国良姓名的插图有第三十回、三十八回和八十二回的六版，当然，实际应该不止此数，因为刻工不可能在每页上都署姓名。洪国良还刻过崇祯二年己巳（1629）刊本的方汝浩撰的《禅真后史》和崇祯五年壬申（1632）刊本的署“醉竹居士”的佚名者撰的《龙阳逸史》，那么，崇祯间刊本《金瓶梅》的镌刻时间应该在崇祯二年和五年之间，这就是我得出的“近似年代”。

此外，还有一个值得注意的现象，就是《金瓶梅》的欣欣子序和《龙阳逸史》的蔗道人序的镌刻风格极为相似，如果并非出于一人之手，也应该属于同一时代的作品，这便又给《金瓶梅》刻于崇祯二年和五年之间增添了一个旁证。

二、勉铃

《金瓶梅》（词话本）第十六回《西门庆谋财娶妇　应伯爵庆喜追欢》写西门庆从李瓶儿处幽会回家，到潘金莲屋里，脱下白绫袄时，“袖子里滑浪一声，吊（当作‘掉’字）出个物件儿来，拿在手内沉甸甸的，绍弹子大。（潘金莲）认了半日，竟不知甚么东西”。后有“赞”说：“原是番兵出产，逢人荐转在京。身躯瘦小内玲珑，得人轻借力，展转作蝉鸣。解使佳人心胆（疑‘胆’字当作‘惮’字），惯能助肾威风。号称金面勇先锋。战降功第一，扬名勉子铃。”下面接续述说：“妇人认了半日，问道：‘是甚么东西儿？怎的把人半边胳膊都麻了？’西门庆笑道：‘这物件你就不知道了，名唤做勉铃，南方勉甸国出产的，好的也值四五两银子。’妇人道：‘此物使到那里？’西门庆道：‘先把他放入炉内，然后行事，妙不可言！’妇人道：‘你与李瓶儿也干来？’西门庆于是把晚间之事从头告诉一遍。”

这里且做几点解释：

头一点是，原作并没有明说那勉铃是李瓶儿送给西门庆的，但是很明显是那么回事，因为李瓶儿丈夫花子虚是花太监的亲侄儿，花太监在死前“从广东回来，把东西只交付与”李瓶儿手里收着（第十四回《花子虚因气丧身　李瓶儿送奸赴会》）。那些东西里还包括一轴“内府衢花绫表，牙签锦带妆成；大青大绿细描金，镶嵌斗方干净。女赛巫山神女，男如宋玉郎君，双双帐内惯交锋。解名二十四，春意动关情”的手卷。这手卷是李瓶儿的“老公公内府画出来的”（第十三回《李瓶儿隔墙密约　迎春女窥隙偷光》），也送给了李瓶儿。看来李瓶儿和老公公是有一手儿不伶俐的勾当（《金瓶梅》的作者并没有用明笔写出这桩不堪设想的太监和侄妇的乱伦丑事，然而读者是很容易体会出来的）。

再一点是勉铃的产地。小说讲得很清楚，说是“南方勉甸国出产的”。说是从广东弄回来的，不言而喻是属于进口的洋货。勉甸今作“缅甸”，勉铃应该正作“缅铃”。明代徐应秋在《玉芝堂谈荟》卷二十七里说：“滇中又有缅铃。”明代沈德符在《万历野获编补遗》卷三里说：“今滇中文武上下以缅铃相馈遗。”又，卷四里也说：“又制缅铃，为媚药中第一种。”那么，它输入我国之处，除了广东，还有一衣带水的云南。徐应秋在《玉芝堂谈荟》卷十里又谈到暹罗国（今泰国）也生产此具，可以看出它在南亚和东南亚诸国都很流行，更可以看出明代上层社会对于洋货的接受程度并不亚于当代，暴露出荒淫无耻的世纪末风。

不过，缅铃的真正产地还不是缅甸，而是印度，也就是说，它从印度传到缅甸和泰国，又从缅甸和泰国通过陆路渠道进入云南，或则通过海路渠道进入广东。

古代印度有一部性学名著《欲经》（*Kāma Sūtra*），它除了阐述正确性爱知识，还在最后一章介绍了许多营养药物和性具，其中便有缅铃。这里不便细谈；好在《金瓶梅》第十六回里作者借西门庆的嘴已经做了介绍，无须再事辞费了。

（《〈金瓶梅〉“勉铃”释》，载《文献》1990 年第 4 期）

遥共星煜兄对话《金瓶梅》戏曲

获读蒋星煜兄《关于〈金瓶梅〉传奇》文，不禁兴空谷足音之感。我近年来致力于《金瓶梅词话》撰人、社会背景和变态心理等方面的探索，兼及它对后世小说和戏曲的影响，而星煜兄此文著我先鞭，焉得不喜！南北相隔山山水水，故遥与对话。

根据明代万历间刊《金瓶梅词话》（包括崇祯间刊《金瓶梅》和清代康熙间刊《第一奇书》）的情节写成的戏曲，与其他古典小说如《三国志演义》《忠义水浒全传》《西游记》等明代文学名著的相关戏曲比较起来，相差得不可以道里计。其原因是多方面的。其中主要的是，这部作品自从问世之日始，便被官方和正人君子目为伤风败俗的诲淫之书，遭受到政府法令的公开查禁和卫道者流的舆论制裁。因此，戏曲作家便不敢冒天下之大不韪而轻率染指，以自取咎于当时，贻羞于后世。另一个原因是这部作品的人物绝大多数属于社会底层的市井小人物，妇女群则几乎没有人能够拥有列入名门闺秀的资格，又何况大都行止有亏于《女范》；而当时的戏曲内容又千篇一律地属于才子佳人型的模式，很少有人敢于冲破樊篱，突越雷池。这就造成《金瓶梅词话》里活生生的人物不能活跃于舞楼歌榭的寂寞冷落景象了。

当然，也总是有例外的情况，但是很少，而且也没有引起社会上的震动，以至于注视。

我在这里只就见诸著录的、经手经眼的和流传于世的杂剧和传奇做一个简单的介绍，就正于星煜兄。

先说杂剧，仅有清代边汝元的《傲妻儿》一种。剧本内容写“西门庆热结十兄弟”里老九常时节（谐“常时借”音）向西门庆借了十二两银子，袖着回到家里，饱饱地欣赏了老婆前倨后恭的丑态。本事据《金瓶梅词话》第五十六回《西门庆周济常时节　应伯爵举荐水秀才》敷衍而成。小说本就是讽刺冷暖人情的炎凉世态，剧作者笔墨酣畅，写得谐趣盎然，用闹剧的形式阐发哲理精髓，颇能引起一切“向钱看”者的“知惭愧”也。这个题材在许多曲艺形式里很风行，如子弟书、牌子曲里都有，叫作《得钞傲妻》。

再说传奇，也仅仅保留下来三种。

第一种是清初佚名作者写的《双飞石》传奇。此剧见说《传奇汇考》著录，仅存旧抄本，藏台湾省台北市“中央研究院”历史语言研究所图书馆。我在五十年前曾于昆明读过，其书不分卷，残存十七出；抄本，书法拙劣，当是伶工串习之本；半页八行，行二十八字。剧本内容写的是梁山“五虎上将”之一没羽箭张清和田虎部下女将仇琼英都擅马上飞石击人，百发百中，在战斗中互相倾慕而结美好姻缘的故事。本事据《忠义水浒全传》第九十七回《陈瓘谏官升安抚　琼英处女做先锋》和第九十八回《张清缘配琼英　吴用计鸩邬梨》，而以《金瓶梅词话》中西门庆和他妻妾的故事穿插其中。

第二种是清代乾隆间以撰著《扬州画舫录》驰名的李斗撰的《奇酸记》传奇。全书四卷，卷四折，折六出，共二十四出。每折以一主要关目为重点描绘之，各系以类似元代杂剧的“题目”，曰：《梵僧现世修灵药》《内相呈身启秘图》《薛尼种子造奇方》《禅师出山超孽业》。内容以小说里“房中”奇幻反讽西门妻妾因妒争风事，有乾隆间李氏家刻《永报堂集》刊本。

第三种是清代和李斗同乡的江苏江都（今扬州市）人郑小白的《金压瓶》传奇。“金”指潘金莲，“瓶”指李瓶儿，命名方式与《金瓶梅词话》相同。一般通称为“《金瓶梅》传奇”，甚至于被误认为是两个剧本。星煜兄说：“《传奇汇考》有著录。”当是误记，因为这本传奇只见于别本《传奇汇考标目》而已。郑小白生平不详，王国维《曲录》入清代传奇卷，非明人也。至于传世之本，只见有传抄本，不知《海澄楼藏书目》著录为“明刊本”何所据云然。

我个人经眼的抄本只有三本，见到文献的一种，共四种。把这四个抄本合在一起，也不能拼成一部全帙。兹特分述如下。

第一本是星煜兄谈到的剧本，他见到的是《古本戏曲丛刊》三集影印长乐郑氏（振铎）和大兴傅氏（惜华）所藏抄本的缀合本。问题恰好就出在这里。由于卷上前半卷和后半卷分由郑氏和傅氏藏本缀合，又由于当时缀合未能过细鉴定，竟致造成张冠李戴的差误，亦即除卷上前半卷第一出是《金压瓶》传奇的“副末开场”，其余各出都是《双飞石》传奇的内容；而后半部第一出倒是《双飞石》传奇的“副末开场”，其余各出都是《金压瓶》传奇的内容。

第二本是鄞县（今浙江省宁波市鄞州区）马氏（廉）旧藏残抄本，卷上十二出，卷下十三出，第一、二两出佚。

第三本也是马氏旧藏抄本，残存仅十出，均属卷上情节。

第四本是通化程氏（砚秋）旧藏清仁宗嘉庆十七年壬申（1812）长州曹氏三径书屋抄本，仅存互不相连贯的七出，如既有卷上的《闹架》（小说第二十七回关目），又有卷下的《杀嫂》（小说第八十七回关目）。

通观以上四个抄本，不难发现它们不但需要重新拼凑，而且缀合成了也还是难复完本旧观了。

“苹婆”正是“凤眼果”

读1985年7月18日《中国食品报》，见王绍宽同志的《“苹婆”并非“苹果”》文。该文不同意戴鸿森同志在《从〈金瓶梅词话〉看明人饮食风貌》里提到的“苹婆”是“苹果”的主张，指出“苹婆”是“产于我国南部和印度、中南半岛等地”的亚热带水果，俗称“凤眼果”。戴鸿森同志对此有文答复之，标题是《“苹婆”即“苹果”》，仍旧坚持原说。

在持论的双方中，我投王绍宽的意见一票。

苹婆，是印度梵语“Bimba”的音译，音译又作“频螺”“步蠡”“频罗婆”“避罗”。而这个“Bimba”的意译有二：一作吉祥果，此解可见《瑜伽略纂》二；另一作相思果，可见唐玄应《一切经音义》和法云《翻译名义集》三十二。这种果名为我国所知，当是通过佛教经典的翻译。但是，我不能断言我国的凤眼果树是从域外引入的还是土生土长的，这个问题是要就教于植物学家和园艺学的果树学家的。

佛教经典形容“苹婆”的色相为“极鲜明赤”，见唐慧琳《一切经音义》下；“色丹且润”，见法云《翻译名义集》三十二。更有趣味的是，在佛教经典里常常用它来描画妇女的嘴唇，如《华严经·入法界品》里就有“唇口丹洁，如频婆果”的说法。见过苹婆果的人读到这里，一定会拍案叫绝，认为它不但颜色像，形状像，就连触感都与喻物相类。然而，对嘴唇做这种描画并不自佛教经典始，它原是印度古典文学的传统，是观察人与物细致入微的作家们富于创作能力的表现。这里且举有“天竺莎士比亚”之誉的迦梨陀娑的名作《云使》第八十二首为例，便可以尝鼎一脔了：

> 那儿有一位多娇，正青春年少，
> 皓齿尖尖，唇似熟频婆，
> 腰支窈窕，眼如惊鹿。

日本诗人也受到这种描画的影响，如《荣花·玉台》里即有“御唇は頻婆果のごとし”之句。我国文学里描画嘴唇另有一套传统，拿“樱唇”来说，的确鲜红鲜红，然而这种比拟重点在形象上的小而圆，苹婆则着眼其扁平的曲线；审美观念的异或同，都与民族的地域、条件和生活以及时代密切关联。

苹婆，学名“Momordica Monadelpha”，与苹果不同。戴鸿森同志所说“柰、林檎、花红、苹婆、苹果（亦称苹婆果）、沙果、楸子，或为同实异称，或为同类异种”似欠科学。至于“私意以为，中原地区所谓‘苹婆’实即形较大味较甜之林檎，亦即中国土有之苹果”，则是上了李时珍、王世懋和那三部山东志书的当。如果我们承认《金瓶梅词话》的作者是山东省的人，就认为小说里写的草木鸟兽禽鱼之属都只能是山东的土特产物，是不妥当的。那样的话，就无法解释书中出现龙眼、荔枝和枇杷的现象了。

《金瓶梅》产生的社会背景及其艺术特点

《金瓶梅》写情欲表现人性，它不是淫书。在国内，《红楼梦》的研究是非常盛行的。现在我们叫作“红学”，或者叫作“新红学”，过去还有所谓“旧红学”。“红学”盛行到人叫作“红水泛滥”。而这个“金学”呀，还没有成为一个专门的学问，好像这个“金子”还混杂在沙子里面一样。国际间学者对于这部书的研究，可以说是很盛了。国际间学者对这部书进行研究，当然不是由于这部书里面有黄色的东西，而是觉得这部书无论在主观还是客观方面都能反映作者的时代，作者对典型时代中的一些典型人物的描述，等于一个时代的长幅社会画卷。1983 年，在美国印第安纳州，由印第安纳大学主办了《金瓶梅》国际讨论会。我是应该去的，因为有病，动了手术，失去了参加的机会。后来看到那一次讨论会的论文，差不多全部看到了，有很多新奇可喜之见。在这部书的研究方面，在国际间已经有了一些萌芽了。另外，在台湾省，对这部书进行研究的也大有人在，而且出了不少部书。

一般来讲，大约四百年来，这部书在不同的时代都被禁止过。我们用客观的或者公正的原则看问题，一部书写作的目的只是为挑起读者思欲，其他目的不存在，或者其他目的不是不存在，而是占据一个不重要的地位。用这个尺度衡量，《金瓶梅》不是淫书。这可以和这个作品以后的一些其他所谓的黄色小说来比较。从另一方面看，所谓猥亵的文字，是作者利用来表现里面的人物性格，特别是人物性格上的弱点和人的内心的罪恶的根源的。情欲——人性中的这个概念，在《金瓶梅》里表现得特别突出。而这种表现方法，和当代西方作家的写作方法不谋而合。这部书关于性的描写，和后来这一类书有着重大的区别。这部书有一百回，八十多万字。在这八十多万字里头，关于性的描写，只占百分之一。有水平的读者读这部书，可以看得出来，这一部分描写，都不是作品中最精彩、最重要的部分。把它删掉，毫无关系，不妨碍作品的完整性。这部作品的黄色描写部分，从文艺创作方法的观点来看，它只是平铺直叙。如果和劳伦斯写的《查泰莱夫人的情人》相比，可以说没法子比。劳伦斯在心理描写方面写得淋漓尽致。《金瓶梅》写得很平板，不成功，达不到淫荡书的目的。它的性描写，不在性生活本身，而是别有用心。故事的高潮都是别的事情。比如西门庆，他想的是通过蔡京府上的那个管家去行贿赂，向蔡京拜寿，应当送什么礼物，然后想法子做蔡京的干儿子，然后就可以升官发财，可以鱼肉乡里，为所欲为。又比如说写死亡，西门庆的死、潘金莲的死、春梅的死、李瓶儿的死、官哥儿的死，都是很大的事情。境遇的变迁，由起家发家，到了最盛时，然后到了衰败时。这些变化都是大事。作者把故事的高潮都放在这个上面了，而不是放在黄色的方面。《金瓶梅》东吴弄珠客序说："读《金瓶梅》而生怜悯心者，菩萨也；生畏惧心者，君子也；生欢喜心者，小人也；生效法心者，乃禽兽耳。"这是三百年前的人概括的。他是从读者方面来分析这个问题。可以看得出来，写这篇序的人，对作品有比较深的了解，认为你用什么心态去读，就能够分得出你文学欣赏水平的高低。

鲁迅说："自有《红楼梦》出来以后，传统的思想和写法都打破了。"(《中国小说的历史的变迁》)我想，这一评语运用在《金瓶梅》

上，是比《红楼梦》更适宜些，因为《金瓶梅》的时代比较早。和《金瓶梅》并称的四大奇书中，《三国演义》和《水浒传》不是作家的创作，是根据一些民间传说，加以扩张、渲染、再创作，经过文人、作家，也许就是说书人里面某一个墨水多一点儿的写定了，就变成了《三国演义》《水浒传》这样的书。从说书变到作品，经过加工的，也不止这两部。这个不属于文化创作。那么另外还有个《西游记》。《西游记》是一部很有特色的小说，它以幽默的面貌出现，实际是进行讽刺。这个作家是我的本家，叫吴承恩，他是嘉靖时候的人。我个人的看法是，这部小说写作的年代要比《金瓶梅》迟。《金瓶梅》的作者和《西游记》的作者基本上是同时代的人，《西游记》的作者很可能看到过《金瓶梅》的抄本。在我国小说史上，第一部完全由作家自己创作的长篇小说，应当是《金瓶梅》。《金瓶梅》一出，中国小说的写法就变了。《三国演义》基本上是一部历史小说，但是加上了作者的一些虚构。《水浒传》，今天我们把它叫作“强人小说”吧。《水浒传》中的英雄绝大部分是被逼上梁山的，最典型的是林冲。这些英雄放在现实世界里，可以说都是影子，是很模糊的，不是很真实的。《水浒传》中的英雄不近女色，只是想单纯树立这英雄的形象。我只是就这一个侧面来谈这个问题，不要误会我谈这个问题好像就否定了《水浒传》的积极意义了。

《金瓶梅》主要表现的，就是它那个社会。我把这个社会定位在嘉靖间。我的老师郑振铎先生和吴晗同志，以及其他同志，差不多都给它放在万历，而且放在万历中期。这部作品是用现实主义的写法，把当时社会，从上层到下层，特别是下层一些善的、恶的人和事写出来了。这个作品是从特定的社会环境和典型的历史环境中，抽出了各式各样的典型人物来写。

《金瓶梅》写清河用北京做背景，我认为这部书的作者就是明代嘉靖间山东章丘人李开先（1502—1568），生活在 16 世纪上半叶。这个人没有生活在万历时代。我这个意见就是说明这个作品不可能写于万历时代。作者熟知北京。他在故事里面写的是临清，写的是清河，但清河是一个很小的城。这个城不像传统的城市规划是四方的，而是椭圆形的。由于背面靠着运河，所以它只有三个城门，很怪。但是，我们看作者写的清河，和实际的清河完全不一样。我认为作者写清河是用北京做背景的。在小说里面所写的这个清河，那不得了。写清河的胡同，从大街小巷，能够在北京查出地址的，我们力所能及查到的就有四十九个。这不是根据今天的北京，而是根据嘉靖间的北京。随便举几个小例子吧。猪市街在南城，出南门到猪市街了。我们今天北京正阳门外、前门外有猪市口。这个还可以说是雷同，那么，兵部洼怎么讲呢？在清河一个小县城能够有兵部吗？这只能在京城有。北京前门西大街供电局对面就是兵部洼。兵部当初在那个地方，那地方比较低，所以叫“兵部洼”。兵马司是什么呀？就是拱卫京城的部队。五城兵马司在北京南城，清河是不可能有的。王府井、白塔、惜薪司……说明作者是山东人，曾经在北京做过官，曾经在北京生活过。李开先 1529 年中了进士，先任户部的主事，住在北京。后来在提督四夷馆，做过太常寺少卿。到嘉靖二十二年（1543）回家，他共在北京做过十四年官。作者对嘉靖年间的掌故是非常熟悉的，书里面反映的明代政府一些腐败的情况，可以说是入木三分了。这部书好像是明代世纪末的一幅长篇画卷。作者有满腹牢骚，所以有人说《金瓶梅》本身是一部愤书。可以说作者感慨很深。

蔡京是以夏言为原型的。九庙灾，李开先做了替罪羊。夏言把李开先撤职逐回山东老家。李开先不饶恕夏言。夏言后来被严嵩所害，腰斩于北京。作品里的蔡京，主要以夏言作为原型，并不是单指一个夏言。这个典型人物，是把当时当政的人物及以后当政的严嵩都概括在内了。

《金瓶梅》里所引的戏曲、小说、宝卷、民歌，甚至包括一些滑稽戏，都是嘉靖以前的东西，我没有发现嘉靖以后的作品。《金瓶梅》里面，发现有九处引了《宝剑记传奇》。这很清楚，是作者把自己另外一个作品里的东西引进来了。作者把他自己写到里头去了。作者很容易在作品里把自己的影子写进去，或者把自己身边最熟悉的人和事写进去。李开先《闲居集》里面有一篇《送吴神仙引》。西门庆的朋友祭李瓶儿的祭文，和李开先祭他的一个妾的祭文，是一样的。

作者写悲苦的人生，有热情有爱憎。整个地看，《金瓶梅》作者对世界、对人生有极高的热情和兴趣，他是热爱生活的。他写的是悲苦的人生。《金瓶梅》里主要的一些人物最后都是悲剧性结局，写人的命运都是悲惨的命运。他写社会方面是非常广阔的。写底层的人物，都是有血有肉的，没有概念化的人物，都是活生生的人物。作者是采用一种现实主义的方法，客观地描绘出来人和事物的关系；在主观上，有爱憎，有倾向。

《金瓶梅》的影响，一个是写实艺术，一个是它的讽刺艺术，它具有高超的技巧和表达力。《金瓶梅》的影响于后代，最突出的是《红楼梦》。《红楼梦》写上层人物，《金瓶梅》写下层人物，这是个大的不同。凤姐和刘姥姥这两个人物，受《金瓶梅》影响深。《红楼梦》和《金瓶梅》相比较，是走了另外一条路。可是它体现人情，表现时代，进行批判，那倒是殊途同归的。写实方面，《金瓶梅》对《红楼梦》影响多；讽刺艺术方面的影响，在《儒林外史》里头表现得多。

《〈金瓶梅〉的修辞》评介

Indiana University Press，Bloomington

June. 1986

1985 年 10 月至 1986 年 10 月，我受聘为美国加州大学伯克利分校东亚语言系的亨利·卢斯基金的讲座教授，从事关于《金瓶梅》的研究。其间，我于 1986 年 3 月 21 日至 23 日参加了在芝加哥市举行的全美亚洲学会的年会，并且荣幸地被推举为“昆曲、京剧”研讨组的主席和“《水浒传》”研讨组的评议员。其间，芝加哥大学远东语言文化系的芮效卫教授（Prof. David Tod Roy）约我到他的家里去喝茶。我在茶会上见到了许多老朋友，像普林斯顿大学东亚研究系专治我国古典小说，以“四大奇书”著称的浦安迪教授（Prof. Andrew H. Plaks）；发现许多有关《金瓶梅》珍贵文献的芝加哥大学东亚图书馆的马泰来馆长。同时，也结交了不少新朋友，其中便有芮效卫教授的博士生，现任匹茨堡大学教授的凯瑟琳·蔻尔莉茨女士（Katherine Carlitz）。承她相告，得知她的博士论文《〈金瓶梅〉的修辞》即将由印第安纳大学出版社印行。我当时便委托与会的北京大学校友、印第安纳大学的郅玉汝教授代为预订，当年 6 月便得到这部著作。现在先把这部著作的章节介绍如下。

前言

一、《金瓶梅》的文学世界

(一) 社会、政治背景

(二) 明代的思想发展

(三)《金瓶梅》的文学世界

二、《金瓶梅》的结构和主题

(一) 中国传统思想的家庭和国家

(二) 通俗文学里的家庭和国家

(三)《金瓶梅》里的家庭和国家

1. 在《金瓶梅》里的连锁影响

2. 西门庆的家庭是明王朝的缩影

3.《金瓶梅》里体现的性欲和自我意识

三、《金瓶梅》里的宗教

(一) 占卜和命运操纵

(二) 道教仪轨的细节描写和宣传

(三) 佛教宗派和宝卷

(四) 生殖法术和性欲卫生

四、词语组合和叙述结构

(一) 隐喻

(二) 双关和谜语

(三) 因袭性机智的重新估价

(四)《金瓶梅》的模拟水平

(五)《金瓶梅》的作者和述者

五、戏剧和歌曲：传统语言

(一) 歌曲作用

（二）戏剧作用

1. 浪漫色彩的杂剧——不合礼法的爱情故事

2. 英雄色彩的传奇——道德品质和牺牲精神

3. 公开的违背礼法和个人的不道德行径

六、戏剧和歌曲：传统的破坏

（一）传统的破坏

1. 正直的官吏

2. 钟情的恋人

（二）传统的废弃

1. 纯洁的歌妓

2. 上升天国乐园

（三）传统的接受：儒家的责任感

七、《金瓶梅》的结论

（一）小说的语言传统和结论

1. 第九十九回和一百回的结构

2. 贞洁的寡妇

3. 无所不知的神灵

（二）后裔和缺陷

1. 官哥和孝哥

2. 西门庆和玳安

（三）利用宗教的隐喻

附录：暗指的戏剧（即未记出剧名）

略字（引用文献名称）

注释（书中各章本文的注释，有很多著者的见解和资料）

征引著作和论文目录（内分：1. 原著，如《金瓶

梅》、《水浒传》和各种戏曲的版本；2. 古今中外有关的著作和论文）

词汇（书中涉及的专名和词，先列拼音，后附汉字）

索引（书中论及的人物、事件及征引文献等）

这里，有必要说几句可能会被人认为是题外的话，就是我们一般对于“书评”的理解和西方的认识有些不同。西方的“书评”叫作“Book Review”，把它译为“书评”固然未为不可，实际上它是“介绍”的意思。出版商经常把新发行的书籍送给报刊的编辑，习惯用语是“Review copy of a book”，目的是请做义务广告。当然，高级评论家会对著作做出精辟的学术性或文艺理论方面的评价，但通常不过是介绍内容而已；等而下之者则浮夸乱捧，引诱读者上当。我在这里只能说是介绍这部著作，当不得“评论”一语。

这里，还要顺便谈谈这部著作名称里的“Rhetoric”一词。我实在想不出一个恰当的翻译，“修辞”二字无法包括其内涵，它和我们通常所理解的文章学上的“修辞学”意义是有区别的。古代印度文艺理论家把它叫作“庄严（Alamkārah）”，是一门专科学问，保存下来不少名家著作，借用过来比较适宜，但是未免晦涩。无已，只好沿用通行的“修辞”。当代修辞学的领域日益扩张，横向和纵向日益扩展，观念和概念日益更新，和其他人文科学及自然科学的边缘接触，日益科学化，在解释研究对象的形式和内容时较之过去突破了旧日单纯语言学和文章学的框架。这部著作应当说是著者在这方面进行的可喜探索。

我们不妨观察一下著者在开宗明义的第一章里所作的阐述。著者首先指出，《金瓶梅》作为“长篇小说”与西方文艺理论给予“长篇小说”的定义相符合，因为它的内容主要描述一个家庭的兴衰及其主要人物的发迹变泰。至于《水浒传》，虽然写了一百零八个英雄好汉，然而其中没有一个人是西方读者期待在西方“长篇小说”里必须出现的典型人物。至于《西游记》的英雄，竟是一只超自然的魔法式猴子，就更无法理解了。固然，《金瓶梅》作为一部现实主义作品，里面也掺有因果报应之类的因素，被西方读者认为荒谬难解，不过这是中国式的“长篇小说”的通俗性特征，虽然有负于西方读者的期望，但是对于中国读者则取得了成功，这种现象不容忽视。

接着，著者便对《金瓶梅》所反映的社会和政治的现象做了详尽的分析。从社会学的角度观察，著者认为16世纪的中国，就人口来讲，绝大多数是分散在县境和农村，又由于农产品的供应，城市和农村形成了网状的联系，文化交互渗透，产生了糅合城乡的通俗文化，具体表现在口语化的通俗文学框式和作品。从政治学的角度观察，著者认为城乡经济和贸易的交流，产生了缙绅上升为官僚的现象，形成县乡的特殊阶层，各级政府的官僚阶层中产生了尖锐的矛盾。《金瓶梅》的作者笔下的西门庆家庭实际上是明王朝的缩影。

接着，著者又从明代后期的传统哲学体系和糅合三教的通俗宗教信仰角度阐述《金瓶梅》作者的复杂思想。最后总结为《〈金瓶梅〉的世界》。

著者在第二章里用了三大节和三小节论述《金瓶梅》的结构和主题。她循序渐进地从我国传统思想里的家庭和国家关系谈到通俗文学里反映的家庭和国家关系，最后重点结合《金瓶梅》的内容论证了家庭和国家的关系，再一次指出西门庆的家庭是明王朝的缩影。

这里有必要介绍一下著者在第三节的第三小节《〈金瓶梅〉里体现的性欲和自我意识》的观点。著者声称《金瓶梅》长期以来受尽了来自两个方面的折磨：一是贬低它是色情作品，二是歌颂它是性行为的经典著作，肯定它所描写的性欲特征。后者倒是一语道破了明代后期社会的症结所在。若是对作品本身细致地进行推敲，能够得出作者是倾向克制的性生活的。明代流行的一本性卫生书里再三强调性的“经济”，即“收入”和“支出”上的节制，这显然是受到道教的采补方术的影响。作者在《金瓶梅》里写到西门庆的女宠里唯有王六儿是最能合作的性伴侣，然而她也正是西门庆的催命阎罗。

第三章主要就《金瓶梅》里的道教和佛教以及二者的道场仪式、通俗宣讲的描绘，说明作者对于前章的重点“自我意识”进行了再一次的阐述。至于吴神仙为西门庆和他的妻、妾、婢女占卜命运，则是使用修辞的手法暗示读者这一家人由于对性的认识不同而遭遇了不同的命运。

第四章著者旨在申述作品创作中的修辞学上的成就，企图说明《金瓶梅》作者在因袭和创新上的技巧，特别是运用反讽方面的机智手法，例如描写性态而出之以“金戈铁马”的英雄史诗型的战斗场面，使人忍俊不禁。至于本章最后一节里所指的“述者”，说的是作者袭用宋、元以来瓦子勾阑里说话人的技巧而在作品的结构上做出了天才的贡献，使得读者像是在阅读自己写的作品。张竹坡在他的批点里已经强烈地向读者提出要求，要求读者竭尽所能地成为“结构”的“心神（Structuring mind）”，和作者分享使人陶醉的创造上的乐趣。

著者引用张竹坡的批点向读者提出“分享”的要求，在第五章和第六章里做了大量的挖掘工作。她挖掘出作者明白地告诉读者汲取源泉和不声不响地引入前人和他自己的地下水流。根据大量的资料，著者说明作者袭用戏曲和歌曲（散曲套数、小令和俗曲）使之服务于他的创作意图的手法，既有因袭，也有废弃，又有创新的接受，这都可以归结为“为我服务”的创作目的。

最后一章，即第七章，著者专就《金瓶梅》的第一百回立论。所谓“结论”是作者做出的结论，并不是著者的结论。

著者指出，作者在第一百回里写出《金瓶梅》里最后出现的几个人物的收圆结果。原来是婢女的春梅的社会地位提高了，也拥有了财富，但是也正同她的旧主潘金莲一样死于过度的性生活。西门庆的情妇王六儿流落到湖州，转了好运，然而失去了女儿韩爱姐——爱姐割发毁目，出家做了尼姑，在三十二岁便“怨魂先彻九重天”了。吴月娘活了下来，正如作者在第七十五回里答应了她的“感得一尊古佛出世，投胎夺舍，日后被其显化而去”的善果，可是她的独子孝哥还是被行脚和尚普静禅师幻化了去。读者在最后几页看到普静对亡魂说因果，劝解冤，亡魂为之顿悟；普静特别点明孝哥便是西门庆的转世，为了修补他在人间所干过的恶行而脱生的。这个结论，初步的印象似乎可以归纳为乐观主义，预言小自家庭、大至国家的新生。但是，著者认为这样的看法是被作者有意地导向迷津。她提出作者玩弄了我国传统文学上的反讽方法，把作品在前面发生的事件和末尾的结论平行排列，只能带有悲观主义的色彩，远远超过对满怀希望的幸福前景的憧憬。读者在最后一回得出作者拥有乐观主义思想的结论，是从孝哥甘愿拜普静做师傅而遁入空门作为赎买方式而总结出来的。著者表态说“我相信，作品本身绝对不允许我们这样做”，她主张《金瓶梅》的作者的哲学思想是建筑在牢固的儒家基础上的，他在作品里强调人世间的统治、统治者和国家的权势、家庭和国家的平行关系。西门庆的六个妻妾可以解释为和佛教的六种恶根相应，也可以解释为国家行政制度的六部和六房，然而作者无心分享佛教利用“舍”以消除六种恶根的理想。若不是由于普静许下宏愿，孝哥纵使弃绝红尘也并不能够洗涤他的父亲在人世间积下的恶缘。如果读者把作品的结论归结为儒家对于人的处世品行的警告，归结为西门庆家庭的恶迹造成他的后裔的损害，应该是符合作者的创作意图的。

我要再一次申明，这里仅仅是对于《〈金瓶梅〉的修辞》的介绍，而且是过于简单的介绍，不做任何主观和客观的评论；尽管我有自己的衡量数据。所以，引进作为开阔眼界的手段；采纳与否，应用与否，我们有自己的决定权力。

最后，有必要加上一个尾巴。著者在这部书里不遗巨细地征引了李开先的作品，特别是拿《宝剑记传奇》和《金瓶梅》做了内容和形式上的比较，其中包括语言文字上的修辞法式，换一个人会顺理成章地得出作者是李开先的论断，但是她默不作声。这可能是出诸谨慎。我在美国曾向人提出过这个问题，有人幽默地答复说："她的导师芮效卫是主张汤显祖创作《金瓶梅》的，师道尊严，岂敢逾越！她可能是个儒家吧！"

（原载《吉林大学社会科学学报》1988年第1期）

大陆外的《金瓶梅》热[1]

最近发生的两桩关于《金瓶梅》的新事儿似乎是“天涯若比邻”式的巧合：一桩是人民文学出版社开始发行经过删节的《金瓶梅词话》[2]；另一桩是我收到法国第七大学雷威安教授寄赠的他的法语全译《金瓶梅词话》。这正好说明了这部16世纪中期横空出世的长篇巨著的艺术价值和生命活力。

我把人民文学出版社的删节本叫作“洁本”。虽然是“洁本”，但总算打破了号称我国古典小说的“四大奇书”[3] 的“三缺一”的局面，改变了“墙里开花墙外红”的瓶梅独秀场景。

大陆外的《金瓶梅》热，的确使人产生瓶梅独秀之感，这首先体现在人们对这部作品的评价上。这里只选少数的例子来举一反三。美国哈佛大学的海陶玮教授说：“《金瓶梅》内容的广阔、情节的复杂、人物的雕塑，都足以和西方最伟大的小说比肩。”英国的著名汉学家和翻译家阿瑟·韦雷说《金瓶梅》“颇像日本的‘浮世’，它不蔑视

---

① 编者注：此处的“大陆”即指内地。

② 传世《金瓶梅》刊本可以大别为三：第一，明万历四十五年（1617）《新刻金瓶梅词话》本；第二，传为明崇祯间（1628—1644）刊《新刻绣像金瓶梅》本；第三，清康熙三十四年（1695）张竹坡评《第一奇书》本。

③ 清代南京芥子园书坊刻《三国志演义》《忠义水浒全传》《西游记》《金瓶梅》，称为“四大奇书”。

活语言，题材则趋向日常生活”。日本的后藤基已说：“西门庆是官僚、恶霸和富商三结合的典型，作品通过他的形象描绘，反映了中国16世纪新兴商人的时代特征。”香港中文大学翻译系主任孙述宇教授说：“鲁迅在他的《中国小说的历史的变迁》一书中说，‘《红楼梦》出来以后，传统的思想和写法都打破了’，这句话拿了来评《金瓶梅》，其实更适合。”此外，几乎所有大陆以外的百科全书和辞典无不列有对《金瓶梅》评价很高的专条，大陆外对本书的翻译和研究则更是呈现出繁荣的局面。

谈到人民文学出版社的“洁本”，我也想说几句题外的话，即“洁本”的出现并非自今日始。这本书在明代嘉靖后期至万历后期（约1557—1617）之间是以稿本和抄本的形式辗转传播的。等到可能是较早的万历四十五年（1617）的叫作《新刻金瓶梅词话》的刊本问世之后，既有在文字上存在差异的各种“足本”出现，同时也有不少的“简本”和“洁本”出现。其主要原因是，《金瓶梅》存在着“先天不足”的问题，即掺有猥亵的描写。但是，有些人认识到它在我国长篇小说的创作史上是一个具有划时代意义和强劲生命力的“宁馨儿”，所以不得不施加适当的保育性措施——洁化。过去，有的学者认为它的原型并无瑕疵，猥亵部分是后人妄加。[①] 另一方面，一些意在牟利的书商纷纷刊版，他们既想赚钱，又害怕禁毁，于是大肆删削，甚至弄得内容上下无法连贯，把它们叫作“洁本”都未免名实不符，故名之为“简本”。从清代起，这种本子多如过江之鲫，并且以“古本”、“真本”或“足本”相尚，造成鱼目混珠的混乱现象。真正称得上校点态度严肃认真的“洁本”只能从20世纪30年代算起，那就是1935年上海生活书店出版的由郑振铎先生校点的“世界文库”

① 朱星（？—1982）主张此说，见《金瓶梅考证》，百花文艺出版社1980年版。

本以及同年施蛰存先生校点的“中国文学珍本丛书”本。[①] 20 世纪 40 年代，长春的艺文书房曾盗印过“中国文学珍本丛书”本，改称“删节本”。20 世纪 50 年代间，台湾省的文友书店也印行过“删节本”。

关于这个作品的问题很多，如传说中的作者兰陵笑笑生究竟是谁？是哪里的人？[②] 创作年代是嘉靖间，还是万历间？[③] 这里不能一一缕述，只想将其作为一个信息简略地谈谈它在国际间经过翻译而传播的情况，同时谈谈个人所了解到的国外学者研究这个作品的情况，从而证明它的确早已跻居世界文学名著之林，不容再事熟视无睹了。

先谈翻译。

谈到翻译，不能不首先指出最早的译本倒是我们国家的汉语以外的民族语言。最早的是和素据《第一奇书》译出的一百回满语刻本，前面有未署撰人姓氏的清康熙四十七年（1708）五月的序文。其次便是根据满语译本转译的蒙语译本。应该指出，满语译本甚至影响到大陆以外，1869 年由加布伦兹摘译的德语译本便是根据满语译本译出的。

最早的外语译本有时代可稽的是日本的曲亭马琴的《新编金瓶

① “世界文库”本仅印至第三十三回。“中国文学珍本丛书”本为一百回。1936 年上海中央书店署“襟霞阁主人”重刊的“国学珍本文库”本实际是盗印的“中国文学珍本丛书”本，并且把删掉的文字另行印成《金瓶梅删文补遗》，与“洁本”并行。

② 关于作者是谁的问题，从明代万历间（1573—1620）到 1985 年 4 月，一共有二十二种说法，迄无定论。我个人认为《金瓶梅》是李开先（1502—1568），见 1962 年由人民文学出版社出版的中国科学院文学研究所编写的《中国文学史》册三、章七、节三。

③ 吴晗在《〈金瓶梅〉的著作时代及其背景》里主张《金瓶梅》产生于万历十年到三十年之间（1582—1602）。我主张作于嘉靖二十三年到四十三年之间（1544—1564）。

梅》，刊于1831年至1847年。这个本子与其说是全译本，不如叫作改编更合适。其后，在1860年有柳水亭种清译的《金瓶梅曾我赐宝》，附一勇斋国芳的插绘；在1882年至1884年有松村操译的《原本译解金瓶梅》，只出版了九回。此后继之翻译的人很多，截至1972年，据不完全统计，竟达二十四种之多，其中以小野忍和千田九一据《金瓶梅词话》本合译的最称白眉，从1948年到1974年竟以不同形式出版了六次。我在1981年访问日本时曾想一识这位同行，不想他已经在春季逝世。

朝鲜的读书人泰半能读汉语原著，所以译本较少，现在只知道韩国的正音社在1956年出版过金龙济根据《第一奇书》本翻译的五卷一百回本。

在欧美，最早出现的译本是法国的巴赞在1853年译出的，不过他只译了第一回。其次是德国的的加布伦兹在1869年根据满语译本译出的节本。从20世纪开始，英、法、德、俄、瑞典、芬兰、匈牙利等国都有节译本和全译本，但是比较好的译本，我认为值得提出来的有七种。第一种是德国的著名汉学家库恩在1930年根据《第一奇书》本节译的《金瓶梅：西门庆和他的妻妾六人的艳史》，这个译本在欧美风行一时，影响很大，曾在1954年、1955年、1961年和1970年相继再版。第二种是美国塞缪尔·巴克在1927年根据《第一奇书》本节译的《金瓶梅：西门庆的故事》，附版刻插图。20世纪30年代在北平有影印的“海盗本”。第三种是英国的密厄勒在1939年和1940年根据库恩的德语译本转译的节本，后来美国在1960年和1961年曾经两次再版。英国的阿瑟·韦雷为这个译本写的序文颇富学术价值，其中有些意见虽然新奇可喜，但是还有待商榷。[1] 第四种是英国的克

① 韦雷说：“《金瓶梅》作者的可能‘候选人’，我个人认为徐渭是其中最强有力的。”

莱门特·埃杰顿在老舍先生帮助下，根据《第一奇书》本译出的百回本，于1939年在伦敦出版。由于英国出版法规的限制，猥亵的段落不得不用拉丁文翻译，直到1954年在美国出版，才把拉丁文部分挖版改换为英语，1972年又由纽约专门出售东方学书刊的帕罗艮书廊修订再版。第五种是苏联的马努辛根据崇祯刻本《新刻绣像批评金瓶梅》译出的百回本，于1977年由莫斯科的文艺出版社印行。译者在1964年写过论文《社会揭露小说〈金瓶梅〉——从传统到革新》，有一些新颖的观点。苏联的中年中国学家李福清给这个译本写了序言和注释。马努辛逝于1974年，译文的润色加工是由舍契甫完成的。第六种不但是最近的一种，也是最好的一种，即在1985年4月出版的“七叶丛书”本的巴黎第七大学教授雷威安根据《金瓶梅词话》译出的法语本。[①] 这个译本在卷首有艾金布勒的前言和译者的序文，正文每回插有崇祯年间刊本的木刻图二帧，共二百帧，卷尾附有详注，称得起是后来居上。第七种是美国芝加哥大学教授芮效卫根据《金瓶梅词话》本正在进行翻译的英语本。他主张作者是临川汤显祖。

再谈研究。

谈到研究，不能不首先指出董庆萱在给魏子云的《金瓶梅审探》所写的序上的话是不够准确的。他说：“继‘红学’之后，‘金学’也逐渐热闹起来。鲁迅、孙楷第、郑振铎、吴晗、姚灵犀以降，目前从事‘金学’研究的：在台湾，有魏子云教授；在香港，有孙述宇教授；在大陆，有吴晓铃和朱星；在美国，有韩南博士；在法国，有雷威安教授。几乎可以召开一次国际‘金学’会议了。”[②] 我说的“不够准确”主要是就他的“点将录”而言，因为除了台湾省的魏子云，

---

① 1985年5月22日收到雷威安教授寄赠一部，他在序文里同意我认为《金瓶梅》是李开先创作的主张。

② 见1982年6月台湾商务印书馆版。

其余的人都算不上“专业干部”。在国内，朱星先生毕竟还出版了一本《金瓶梅考证》，我则是“不著一字，尽得风流”，被列入正册，自知惭愧。[①] 另外，近几年来，国内外专研《金瓶梅》而且卓有成绩的学者大有人在，特别是国内的中年人，如张远芬、黄霖和戴鸿森都有新鲜可喜之见，而竟付阙如，可见信息不灵。不过，他在1981年畅想的“国际‘金学’会议”倒是说到了点子上，不但由美国的印第安纳大学和金赛研究所联合召开的国际“金学”会议在1983年5月举行了[②]，而且我国也在徐州举行了“《金瓶梅》学术会议”。看来这个顽固堡垒一旦被爆破缺口，继以纵深插入，战果定会大为可观。例如把《金瓶梅》在我国古典小说史上的承前启后的脉络爬梳清楚，就能解决文学发展史上的一条规律性问题。再如把《金瓶梅》的作者考定出来，就能根据特定的时代背景对作品进行更加深入而细致的分析。又如把《金瓶梅》的内容来源和后世影响整理出一条或几条线索，就能对《红楼梦》《儒林外史》《醒世姻缘》，以至《官场现行记》的创作方法进行比较研究了。

至于国际上关于《金瓶梅》研究的成果，说来话长，没有在这里一一列举的必要。读者如果有调研的兴趣，不妨翻阅一下这几本书：L. Y. 杨等三人于1978年在美国波士顿编辑的《中国古典小说——供研究和欣赏的文献目录》、日本的吉田诚夫等三人于1979年在东京编辑的《中国文学研究文献要览》、王丽娜于1980年在《河北大学学报》第2期发表的《〈金瓶梅〉在国外》[③] 和日本的泽田瑞穗主编、

① 我对于《金瓶梅》撰人的推测只在日本、印度、美国和加拿大以及辽宁大学和中国文化书院谈过，一直没有发表正式文章。

② 我因病没能应邀出席，但是收到了在会上宣读的全部论文。

③ 这篇文章将收入她的《中国古典戏曲小说名著在国外》，由学林出版社出版。

寺村政男和堀诚增补，于 1981 年在东京重版的《增修〈金瓶梅〉研究资料要览》，以及中国社会科学院文学研究所资料室编辑的《全国报刊文学论文索引》。

当然，还是应该介绍几位在国际上影响较大的和国内还不为人所熟知的学者在这方面从事的工作。美国哈佛大学韩南教授的《中国小说和戏曲的发展》《中国长篇小说的界石》《〈金瓶梅〉情节溯源》《〈金瓶梅〉版本考》都有独到的见解。芝加哥大学的芮效卫教授的《汤显祖撰〈金瓶梅〉考》在国际间引起很大震动，最近他在致力于张竹坡批语的理论分析研究。普林斯顿大学的浦安迪教授的《崇祯刊本〈金瓶梅〉的批语——渣滓里的珍宝》也很见功力。纽约佩斯大学的美籍华裔郑培凯教授本是诗人，但是他用程步奎做笔名写的《〈金瓶梅〉和明代后期的性意识》《〈金瓶梅词话〉与明人饮酒风尚》《〈金瓶梅词话〉序跋所反映的社会道德意识》《酒色财气与〈金瓶梅词话〉的开头——兼评〈金瓶梅〉研究的“索隐派”》，都很有意义。芝加哥大学东亚图书馆的马泰来则致力于挖掘有关《金瓶梅》作者和传播者的文献，颇有成绩。像《谢肇淛的〈金瓶梅跋〉》《麻城刘家和〈金瓶梅〉》《诸城邱家与〈金瓶梅〉》《有关〈金瓶梅〉早期传播的一条资料》等篇都提供了难得的资料。

在日本，这里只从 1949 年以后说，绝大部分的撰著都是资料性的，如泽田瑞穗的《〈金瓶梅词话〉所引宝卷考》、桑山龙平的《〈金瓶梅〉饮食考》①、鸟居久靖的《〈金瓶梅〉集谚初稿》《〈金瓶梅词话〉编年稿》和《〈金瓶梅〉歇后语私释》。当然，也有一些涉及作品历史背景和思想内容的文章，如长泽规矩也的《〈金瓶梅〉与明末的淫荡生活》、仁井田陞的《〈金瓶梅〉里反映的法律和经济》和千

---

① 我国已经有人从事这方面的探索，如戴鸿森在 1985 年 4 月 29 日《中国食品报》上发表的《从〈金瓶梅词话〉看明人饮食风貌》。

田九一的《土豪劣绅的家庭——〈金瓶梅〉的世界》。还有几篇涉及比较文学领域的论文，如足立原八淑的《蒋淑珍与潘金莲》、大内田三郎的《〈水浒传〉与〈金瓶梅〉》、麻生矶次的《马琴与〈金瓶梅〉》和小野忍的《〈查泰莱夫人的情人〉与〈金瓶梅〉》。

顺便在这里谈谈台湾省关于《金瓶梅》研究的现状。可惜我们海峡两岸仍旧处在“盈盈一水间，脉脉不得语”的恼人气候之中，在学术研究的交流上都陷于无法“三通”的困境。我只知道魏子云教授一个人在独学无友的条件下，从 1979 年到 1982 年之间先后出版了《〈金瓶梅〉探原》《〈金瓶梅〉的问世与演变》《〈金瓶梅词话〉注释》《〈金瓶梅〉编年纪事》《〈金瓶梅〉审探》。听说他还有写《〈金瓶梅〉人物论》和《〈金瓶梅〉艺术论》的计划。平心而论，他是勤奋的，然而探索的指导思想比较主观，方法也较粗疏，有些结论较难被人接受。但是他在词语注释上应该说是有成绩的。

在香港，我也只读到过香港中文大学的孙述宇教授的一篇《〈金瓶梅〉的讽刺》和一部《〈金瓶梅〉的艺术》，都具有很高的水平。他是用比较文学的方法分析作者的创作意图和人物造型的。例如：他在《讽刺艺术》里谈 Parody（戏仿），在《表里之别》里谈 Irony（讽刺），以“贪、嗔、痴”区别西门庆、潘金莲和李瓶儿的性格特点，并且与西方文学名著进行比较，很能给人以启发，值得一些陷于条条框框的评论家反省。

（原载《环球》杂志 1985 年第 7 期）

《〈金瓶梅〉探索》序

溯自20世纪80年代以来，随着改革开放的风头吹来，古典文学的研究者和教学者也开始解放了思想，敢于向四百年来一直被列为“禁书”榜首的《金瓶梅》进行重新估价了。其势汹涌不可当，在所谓“红学”之外又出现了异帜“金学”，甚至于连许多“红学”专家也舍己之田而耘，可谓盛矣！

然而，平心以论，尽管你争他鸣，各家齐放，可是具有真知灼见者实际上并不很多。盖或拾人余唾以欺世，或倡怪论而哗众，一也；盖或治学根底不足，或读书范畴未广，以致论据失当，动辄授人以柄，二也。缘此二端，故“金学”研讨尚有待于斩将搴旗之勇者出。

王汝梅兄精于版本、目录、校勘及文献之学，不兢兢于名利，而矻矻于事功，其行乎世之撰作多矣，人所共睹。其近作《〈金瓶梅〉探索》稿，余得先睹之快，因缀短章，略抒所得。

其一，他能提出问题供人思考。如《金瓶梅》之“奇”奇在何处；西门庆的身份究系“新兴商人”抑或“封建商人”等是。

其二，他不对若干缠夹问题自作结语。如关于《金瓶梅》撰人则于众说纷纭中进行探索；关于满文译本之序言则于人未注目处加以评骘等是。

其三，他从多年研求中所得真知灼见则毫无犹豫贡献定论。如本书第三讲之《版本系统》是。

其四，他特别致意于崇祯刊本及康熙刊本之评语，而此系较少有人致力者。殊不知此项工作中不唯可以阐发作者创作主旨，启迪读者思考途径，尤足归纳综合为我国文艺批评之体系，然此则为千百年来“众里寻他”而尚未得者也。

缘此四端，故乐为如上言。

绥中吴晓铃于京师宣南之双栝书屋，

时在一九八九年十一月三日

附录一

父亲与双棔书屋

吴 葳

出宣武门不远，路西第二个路口是达智桥胡同。进了达智桥，往南头一条胡同便是校场头条。顺着头条走上一半，就会见到两株高大挺拔的合欢树蹿出一袭小院的灰墙，夏天绿叶丛中露出团团粉红色、绒乎乎的小花，散发出阵阵淡淡的花香，让半条胡同都清爽起来。那绿云掩映、门牌为 47 号（旧门牌 27 号）的小院，就是我的父亲——吴晓铃（1914—1995）的旧居。他的书斋“双棔书屋”便得名于院中那两株合欢树。

起初，父亲的书斋并不叫“双棔书屋”。说来话长，我的祖父吴

“双棔书屋”匾额，李苦禅书

辉山在迁安县留居时，因书斋前绿树成荫，故以“绿云山馆”名其书斋。父亲祖籍为辽宁绥中，出生于河北迁安，几岁上便随我的祖父迁居京师，住进宣南的这座小院。为了纪念五十多岁便逝世的父亲，他写文章常常自称“绿云山馆小主人”。

后来，那是1958年，街道上号召家家户户植树，街坊挑去了海棠、枣树等树苗。待我的二叔吴滦铃去选时，地上只剩下两株光秃秃的干枝，听人讲是香椿树。叔叔交了两分钱，拎回了家，栽到小院里。再后来，海棠、枣树都没见成活，倒是那两株干枝生命力挺强，不仅活了，还越长越高大挺拔，只不过并不是香椿，而是北京人俗称的“绒花树”。因为绒花树的花儿颜色和形状很像马脖套子和笼头上的红缨子，便又叫作“马缨花”，在北方是一种再普通不过的树了，不是有那么两句诗嘛，“黄土为墙茅作屋，门前一树马缨花”。绒花树正名应作“合欢”，由于树的叶子抵暮即合，又曰“夜合”或“合昏”，故合欢得名取自叶态。由合昏，声转为椿，属双子叶植物纲的豆科。父亲很喜爱这两棵椿树，尤其是夏日，不但风扫清香遍长街，而且浓荫覆盖若凉棚。于是乎，便以“双椿书屋”名其蜗室。

双椿书屋房子颇旧，院子也狭窄。黑漆小门上的一副朱红门对儿，是已故北京商务印书馆老馆长、中过前清进士的书法家孙壮题写的篆书“宏文世无匹，大器善为师”。门墩儿是一对憨态可掬的小石狮子，甚是可爱。在“文化大革命”中，家人怕招惹是非，被红卫兵破了“四旧”，就用水泥将门对儿糊住，门墩儿砌死，小石狮子便藏进水泥中。而今，门对儿上的水泥脱落了，孙壮先生的字又显露出来了，可门墩儿砌得太结实，小石狮子至今未见天日呢。

走进小院，北屋门外挂着何绍基书写的木框对联“绕庭数竹饶新笋，解带量松长旧围”。为与此联意境相合，父亲请我的堂兄吴志儒从中关园北京大学一位教授所住平房门前挖来数枝凤尾竹栽上，又请北京市服务管理学校的李春方先生找来一棵小柏树种下。竹、柏都活了，长得郁郁葱葱，使得小院别有一种意趣。

我和妹妹都是在小院里长大的，是地地道道的出自小胡同里的北京小丫。小时候，我们一抱怨："待在家里闷得慌!"父亲便领上我们出去散步。顺胡同往北走，他会指给我们看：这里是晚清词人王鹏运的四印斋，《庚子秋词》就是他和词友唱和于此的成果；那里是现代书法家于右任住过的三原会馆，于大胡子的字着实了得。头条三号是云南会馆，聂耳、卓琳曾经在此停居；七号是山东会馆，谷牧当年就是在这里被"逮捕"的。梅兰芳先生的夫人福芝芳，坤伶云飘香，武生骆连翔、王元信，曲艺世家田岚云、白凤鸣，也都是这条胡同的老住户。走出头条北口，西行数步是明世宗嘉靖年间因弹劾严嵩父子而被害的杨继盛（椒山）故居，也是清德宗光绪年间康有为"公车上书"之址。而我家所在的校场头条及二条、三条等校场诸胡同，在明代叫作"将军校场"，原是明朝末代皇帝朱由检因外有满族叩边、内有李自成问鼎的夹击，而传檄四川土司秦良玉北来驰援、拱卫京师的驻屯校阅之场。

偏僻小胡同里的有趣故事伴随着我们继续往北走去。进了宣武门大街，路西是北方昆曲剧院，照例是要进去歇个脚儿的。说是歇脚儿，其实更主要的是父亲要会会老朋友，与昆曲表演艺术家韩世昌、白云生、侯永奎、侯玉山、马祥麟等各位先生说会儿话儿，大人们聊起昆曲艺术来连说带比划，兴致颇高，我则睁大眼睛看着年轻演员们练功、喊嗓；碰上排戏，更是看得挪不动窝儿了。回到家里，我也会找把团扇，拿块手绢，"轻歌曼舞"一番，过过戏瘾。1960 年夏天，一次路过北方昆曲剧院，正赶上剧院招考新学员，我拿了一张报名表。谁知错过了考试时间，北方昆曲剧院的叔叔伯伯答应专门给我考一次。由于种种原因，我终归没有参加考试。但是考试那天父亲去了北方昆曲剧院，他对招考人员说："你们招四十六岁的学员吗？我来了！"

戏没有学成，但是父亲没少带我们去看戏。父亲非常喜欢戏剧，各个剧种、各种流派他都欣赏。他不仅爱听戏，自己也爱唱几句。早在昆明西南联大教书时期，在赈灾义演中他扮演过《麒麟阁》中文武带打的好汉秦琼；20世纪50年代他担任过中国科学院业余京剧团团长。他还和很多表演艺术家成了好朋友。他认为，作为一个从事"逻辑思维"的研究人员，应和从事"形象思维"的表演者交往，才能从舞台上下学到书本上无法学到的东西，学问才能做出名堂来。他常常告诉我们："我是专门研究中国古代戏曲的，在研究方面一定要体现既重视案头又重视舞台的理论联系实际的原则。"全国戏曲汇演、全国曲艺汇演时，他都带我们去剧场，河南豫剧马金凤的《穆桂英挂帅》、陈素真的《叶含嫣》我们看了，绍剧六龄童、七龄童的《三打白骨精》我们也看了，还有粤剧、晋剧、汉剧、赣剧等。当然，看得最多的还是京剧、昆曲、曲艺和话剧。晚饭后，父亲常常带着我们步行到西单，在长安戏院、西单小剧场看戏。父亲看戏用不着买票，剧团、剧场的人上上下下都认识他，到戏院门口对检票员一点头就进去了，看的是"点头票"。进了戏院他常常"靠大墙"，即坐在最后一排看戏。开演前有时带我们去看演员化装，散戏后一定去后台和演员们聊聊今个儿的戏怎样。马连良先生每场演出，必定在第三排正中给父亲留票。有时马先生在民族宫剧场演出，散戏后就邀父亲到对面的马宅继续谈论表演问题。他们谈得十分投机，不知不觉就到深夜。有几次，妹妹困得坐在马家的地毯上睡着了，父亲就背着妹妹从民族宫一步步走回宣南。

顺校场头条往南溜达，我们认识了宣武门外大街路西的永盛轩茶馆，那是父亲上小学时下课后，站在它的门外听说书、相声和曲艺演唱入迷发呆的地方；还有菜市口西鹤年堂药店，严嵩题写的匾额；在北半截胡同南口路东，是早先大名鼎鼎的广和居饭馆旧址，晚清两广总督南皮张之洞、帝师常熟翁同龢，以及民国年间鲁迅先生和北京大学的名教授马裕藻、朱希祖、沈兼士等人，都是那里的饭座常客；还有位于另一小巷之中的唐代法源寺，真是闹市之中的一方净土，父亲和老法师谈起佛教典籍、朝拜胜迹，也是投缘得很。

出胡同往西，父亲带我们逛过老墙根的晓市，瞻仰过北魏的天宁寺塔，游览过元代的白云观，到过顾炎武著书、王士禛访书的报国寺。

去得最多的自然要数东边了。校场口的东边是西草场，是父亲去海王村访书的必经之路。一路上要经过京剧表演艺术家萧长华、荀慧生、袁世海、杨盛春等人的住宅。父亲告诉我们，南城戏曲演员的住宅最多，那是因为过去封建帝王时代不许“戏子”在内城置房居住。从西草场再往东，就是琉璃厂了，那里书肆林立，书海无涯，双楷书屋的藏书大部分来源于斯。那些藏书是父亲一生的心血与积蓄，每一册每一函都浸润着欢乐与艰辛，得来不易。

早在20世纪30年代中期父亲就读北京大学时，就开始买书了，他就是从这条路走向琉璃厂的。他遍访海王村书肆和厂甸以及宣武门内外小市上的旧书摊儿，遇到自己需要的好书，价格合宜，手头又有钱，便立即买下来。但当时的穷学生和后来的穷助教，更多的时候仅是爱不释手地翻阅“以解馋涎”，因为那令人咋舌的价目，常使父亲的购买热忱烟消雾散，往往遇到一部好书，翻阅再四，不忍释手，及至一问价钱，也就只好悻悻而去，心里却真是痛楚万分。有时和书肆主人熟识，便恳请暂为留存。于是“背城一战”便开始了，各处告贷求帮，或严冬脱下棉裤卖掉，或停了学校食堂八元钱一个月的包饭，去到红楼旁边的小面摊儿上食用四分钱一碗、豆芽菜白饶的白坯儿面条（仅有酱油、醋而无其他调味品）。鞋开绽了，由它；袜子穿洞，不买。及至抱了那一函线装书从书肆踱出来时，心是在欢喜中怦怦地跳着。有时兴致上来，父亲会跑到来薰阁、文友堂、松筠阁等书肆库房的残书堆中去发掘宝藏。他蹲在地上，翻检那一捆捆蒙尘的破书，就像在海边拾贝的孩子、江畔沥沙的汉子一般，希望从中得到些意外的“收获”，任凭那些书肆徒弟把惊诧的目光投射在这怪异的年轻学子身上。不少好书就是父亲这样淘挖而来的。随之就是孜孜不倦地在溽暑、在秋凉、在寒风刺骨的雪夜一页一页地翻看、校勘、补正，精研细究，乐而不疲。

父亲将自己的全部精力和所有积蓄都用在了书上，但是他也不吝于散书。为了不在日军统治下的北平讨生活，他一接到原北京大学中文系罗常培主任从昆明寄来的写有“旧店重张，速来”的明信片后，立即向燕京大学国文系主任郭绍虞老师请辞刚刚上任三个月的助教工作。在郭先生毫不迟疑的一句“到别处去，不准！到云南去，不留！”之后，父亲断然将自己苦苦收集配齐的书拆散卖了，凑作路费奔向了昆明西南联大。父亲带着我们逛琉璃厂时，常常谈起这段经历，那些再也无法失而复得的书令他牵肠挂肚，心痛不已，然而他并不后悔当时的决定。

父亲与书肆有缘，来薰阁书肆也记载着我成长的历程。店中过道的板壁是为我量身高的所在，每年春节，父亲都在那里给我画上一道横线，看我长高了多少。父亲每每把我领到书肆便不再管我，自顾去看书，任我到处乱跑疯玩。有一次玩得太久，大冬天我忍不住拉了一棉裤，父亲竟双手捧书脚不动窝儿，只是让我称为金其哥哥的书肆徒弟送我回家。张金其雇了辆三轮车，他坐在车上像拎小鸡子一样双手拎着我把我送回了家。

父亲访书、买书的嗜好一直延续到“文革”，他历尽千辛万苦收集而来的藏书险些毁于一旦。当红卫兵踏入双棔书屋大破“四旧”，准备将父亲的命根子付之一炬的关键时刻，父亲的单位，中国社会科学院（当时叫中国科学院哲学社会科学部）文学研究所的红卫兵及时赶到。他们中毕竟还有读书人，懂得父亲藏书的分量。“大”红卫兵镇住了“小”红卫兵，一纸大大的封条将书屋封死，使父亲的藏书躲过了劫难。从此，双棔书屋我们便不得而入，全家人挤在一间小南房中打了数年的地铺。

“文革”惨痛的教训让父亲撕肝裂胆，他发誓斩断与琉璃厂书肆几十年的缘分，再也不买书了。但是文人终归本性难移，并且不长记性，从“五七干校”回京后，既没资格“革命”也不想“革命”可又闲不住的父亲，不由自主地又奔向了琉璃厂，开始买书了。那时，中国书店的“读者服务部”卖古旧书、古籍影印本和各种文史专业书籍，但是需要单位介绍信证明是为了“大批判”而用，才得入内。父亲常去那里看书、买书，有时还去位于虎坊桥的三角楼（即京华印刷厂旧址）书库翻看中国书店收购科的工作人员从废品收购站、造纸厂车间抢救回来的古旧书。“读者服务部”的入口处有个“外国人不许入内”的牌子，一直挂到改革开放初期。父亲对此极为赞赏，夸那里的工作人员有骨气，因为在那时，就连北京的一些大饭店，一般中国人也是难以入内的。

正由于父亲爱书、读书、知书、买书，双棔书屋的书箱、书柜、书架充实丰富起来了。书房的桌子上放的是书，地板上堆着一摞一摞的书。父亲的卧室三面墙都是从地面摞到屋顶的书箱，就连床头枕边都随手能拿到书。父亲一生心血都融聚在他的书上，他熟悉他的每一部藏书，他爱惜它们、抚慰它们，它们身世的坎坷及隐晦他都清楚地记在心间。父亲把它们从泥沼里拔救出来，洗净了它们身上的污秽，又给它们换上了精致而美丽的外衣。

父亲的藏书以杂剧、传奇和小说方面的藏品为最多最精，一些明代的原刻本、清初的精刻本，直至民国年间的石印本、影印本、活字本等，长达五六百年的各种善本、稀见本都摆在他的书柜里，当然还有一些可称海内孤本的稿本和抄本。

至于曲艺方面，各种曲本、说唱鼓词、竹枝词、子弟书等，也都是传世稀少的刻本和抄本。竹枝词《都门赘语》《香厂竹枝词》等是研究清末民初北京风俗、民俗极为珍贵的资料；子弟书数量不多，计七十三种、八十四部，其中以百本张钞本为最多，计五十八种、六十四部。在这五十八种之中，未见诸家入庋者则有二十六种。聚卷堂抄本有四种，未见公私登录者四之三。至若《俞伯牙摔琴谢知音》则有清嘉庆二十年乙亥钞本，当是今存子弟书最早之钞本，其珍贵在于可以执而考镜此种形式之源起时期。父亲珍藏的诸多宝卷尤为精良，有一些是专门收藏宝卷的专家也未曾著录过的。还有一些诗文、北京地方文献、传说、故事等“杂书”也在书柜中占据一定的位置，父亲认为这些“杂书”在反映时代风格、社会生活、风土人情方面，亦有独特的认识意义。

在父亲这十几万册的藏书中，有关资深专家认为堪称善本的就有一千五百多种，其中以明崇祯本《金瓶梅》、乾隆己酉舒序抄本《石头记》最为珍贵。

说起《石头记》，父亲和《红楼梦》研究专家俞平伯先生还有一段佳话呢。“论资排辈”，平伯先生当然是父亲的前辈，若从同僚之谊讲，自 1949 年在北京大学、1956 年在中国科学院文学研究所，到 1990 年平伯先生逝世，算来已有四十一年之久，其中包括 1966 年 5 月开始的“文革”运动，父亲和他在“牛棚”同吃、同住、同劳动、同挨斗，及至下放河南信阳“五七干校”共同接受再教育，说“关系密切”也不为过吧。撤离“干校”回到北京已经不少日子了，忽一日，父亲接到平伯老人的一封信：

> 昔年在尊斋所藏乾隆己酉舒序抄本《红楼梦》卷首见有此词，偶为录出，荏苒十载，方播诸管弦，即以印本尘睐乞正晓铃吾兄。
>
> 平伯

来信未写日期，想来必是平伯老人在学术上获得正确评价，在政治上得到彻底平反之时，心情舒畅兴之所至谱写的吧。现在老人家的信我们仍珍藏着，只是那篇“乐章”却遍寻不见，可能父亲把它作为文献夹在已经捐献出的《石头记》里面了。

父亲的书柜里还放着一个红色的羊皮匣子，内有两千多张“拜帖”（拜客时用，相当于今天的名片），其中有八国联军进攻北京时的德国公使克林德的拜帖和在北京和约上签字的各国外交官的拜帖。说到庚子事变，父亲还收存一张“大美国统带水路军提督”的布告，那是我的祖父从晓市上摆着的一堆烂纸中挑出，花了一枚铜钱买来的。布告是八国联军统治北京期间美国军营贴出的告示，里面提到“惟遇有执械华人定要即行正法。若有某城打枪，即将该房焚毁，嗣后某国武官来夺兵器，有者立刻交出，若有隐匿，一经觉查即将该房焚毁，倘华人有抢夺情事，亦要就地正法”，赤裸裸地暴露了列强蛮不讲理的嘴脸。这张布告曾被故宫博物院借去，裱成卷轴，在一次展览中展出，也曾被历史博物馆拿去复制。父亲常常将这个布告拿出来给我们看，对我们进行爱国主义教育。

父亲也常常给我们“讲”书中的故事。记得三年困难时期，晚上常常停电，我们便聚在书屋中，就着一支蜡烛，津津有味地听父亲给我们读《水浒传》。父亲绘声绘色的讲述使我们暂时忘却了生活中的种种困难。这是我们姐妹“通读”的第一部古典小说，相互对答一百零八位梁山好汉的姓名和绰号成为我们的游戏，我们每个人也有了自己的绰号，比如我因为肤色黑，便成了“黑旋风”；妹妹吴华因为头发黄，就得了“金毛犬”雅号。三十年后，吴华在加拿大多伦多大学攻读博士学位，毕业论文的题目便是《金圣叹——中国小说理论之奠基人》，不能说与当年的“第一次通读”没有关系。

双椿书屋的藏书吸引人，双椿书屋的主人热情、爽快，也吸引了不少中外文化名人、著名艺术家来此畅谈。古朴窄湫的双椿书屋，一度谈笑有鸿儒，拜望无虚日。父亲用清醇的绿茶招待来客，以喷香的茶叶馅饺子、小碗炸酱面飨客。至于酒，是父亲仿效《红楼梦》中的贾宝玉用合欢花浸的酒，他让我们拣取刚刚落下的合欢花，洗净后装入二锅头酒瓶中，浸出来的酒呈绛色，有暗香，既好喝又有文化韵味，市场上是绝对买不到的。每每书屋来了客人，父亲允许我们“叨陪末座”。我们见到过美国哈佛大学教授韩南、苏联科学院东方文学研究所专家艾德林、法国汉学家于儒伯、印度的师觉月、日本的波多野太郎……这些国际驰名的汉学家，还有许多年轻的学者，他们有的与父亲学术观点相同，有的不同，有的执弟子礼甚恭，有的半师半友，但是谈起学问来都亲密无间。我们不懂那些个外国话，只是瞪大着眼睛傻听。老舍爷爷是我们最欢迎的客人，他慈祥和蔼，谈吐幽默，听他老人家说话儿是艺术享受。有一次他与父亲谈到新近听到一个词“急了吃钉子”，我在旁边插嘴：“不是急了吃钉子，我们小孩都说‘急了抓蝎子，饿了啃砖头’。”老舍爷爷竟高兴地说：“这个词儿更好！”我备受鼓励，一度热衷于收集“好词儿”。侯宝林伯伯是父亲最亲密的朋友，他们经常在一起，探讨相声表演艺术。侯伯伯一来，就把笑声和欢乐带进了双椿书屋，他的到来是我们天天企盼的。但是“文革”一开始，我们就再也见不到他了。父亲自己戴上了

“资产阶级反动学术权威”的帽子，被轰进了“牛棚”罚劳役，但他心里总是在惦念侯伯伯。“文革”的第一个冬天，让人从心里感到格外的寒冷。一天晚上，重重的敲门声吓得全家人的心立时紧缩了起来，我壮着胆子去开大门，只见门口站着个年轻人，戴着副大眼镜，身穿军大衣，领子高高地竖着，胳膊上裹着半尺长的红绸袖章，上面印着三个黑色的大字“红卫兵”。看这架势，不是来抄家的，就是来外调的。只见那人朝左右望了望，一下子闪进了大门，径直往小屋走去。一见到父亲就叫了起来：“吴大爷，我是小宝儿呀，您不认得我了，瞧我这扮相儿，吓着您了吧！我爸老惦记您，非让我看看您来，我不这样哪敢来呀！”原来是侯耀华二哥奉父命特来看望我父亲，着实让全家虚惊了一场，同时又深深地感谢侯伯伯在自身难保的危难之中对朋友的关怀。我们最喜欢的客人还有王晓棠阿姨，她的美丽端庄给我们留下深刻的印象，但更让我们敬重的是她的骨气，她的事业心，她的无论在顺境还是逆境都葆有的坚忍不拔的精气神儿。我们还佩服她的待人以真，从不锦上添花，却总是雪中送炭。我们两家在困境中互相关心、鼓励与帮助，有着深厚的友谊。

父亲利用他的藏书，以严谨的治学态度，丰富的目录、校勘、版本、语言学方面渊博的学识，写出了有关元人杂剧、明人传奇、元明清散曲方面的精辟论文。那些新的观点、独特的见解，在学术界产生了一定的影响。中国“第一奇书”《金瓶梅》的作者到底是谁，四百年来众说纷纭，莫衷一是。父亲从读大学时起，经过多年深入钻研，广泛查阅，内外大量取证，提出李开先（1502—1568）是它的作者。这一论断引起海内外“金学”研究界极大的关注，至今还没有见到有多少人提出有力的反驳意见。他根据自己所藏时代较早、流传较广、较为稀见的十几种版本并参照《雍熙乐府》校注的《西厢记》，1954年由人民文学出版社出版后，获得专家及读者的好评，多次重版。而同时，四川某出版社一次就盗印了两万五千册，其他各地的盗版就难以数计了。有趣的是，1982 年父亲在美国讲学时，在波士顿竟买到一本香港某书局 1974 年的盗版本。

父亲领衔和其他人合作编校的七十三万二千字的《关汉卿戏曲集》，是新中国成立以来第一部编校本。同时还校注了《大戏剧家关汉卿杰作集》，这是以一般文学戏剧爱好者作为对象的，书中有一百多页的注释——《词汇》，可称阅读元曲的必备字典。他参与和主编的《古本戏曲丛刊》蜚声海内外，是我国古籍整理的一项重要成果，已成为中国戏曲史研究者必备的参考书和工具书。这部丛刊，父亲倾注了大量的心血和劳苦，几乎跑遍了大半个中国的图书馆，第一辑中采用父亲的藏本最多，而资料费都是无偿的。1935 年出版的共十二卷的《六十种曲》缺漏较多，1954 年文学古籍刊行社延请父亲校点，始稍可读。1958 年改由中华书局印行，一直没有读者知道这是父亲心血所注，直到 1982 年该书重印时，才在重版说明中指出是吴晓铃校订的，真是“二十年来尘扑面，如今始得碧纱笼”。父亲常对我说：“既然指出是我校订的，就应该对读者负责。”在 1982 年重版时，他曾多次请求再加补充修订，只因存在着种种困难，未能如愿，父亲常引为“终生憾事”！

父亲常常在自己藏书的书头卷尾、扉页、夹页之上用毛笔或朱笔写下题跋，经我匆匆抄录下来的就有五百多条。当然多有遗漏，也是在所难免的。他还写了《天南屐痕》和《居京琐记》两部散文集，他用那带着浓郁北京味儿的语言写出幽默、隽永的散文，文笔犀利，引经据典，无论内容、思想，还是语言，都极具特色，产生的影响很大。他在北京晚报上发表了《北平的“白巡长”们》一文，就有人写信来说见过这位白巡长。他写了《可怜落照红楼影》一文，就有人来信讲他就是那位北大工友之子。他的《谏全聚德》发表后，来信叫好者有之，打电话述说同感者有之，劝说他别管闲事者也有之，总之读者的反应异常强烈。

父亲的译著不多，只从梵文翻译了印度古典名剧《小泥车》和《龙喜记》。

父亲多次应邀到日本、印度、美国、加拿大、法国、新加坡等国家和地区进行学术访问和讲学，为弘扬中华民族优秀传统文化、加强中外文化交流做出了贡献，获得法国巴黎大学和印度国际大学荣誉文学博士的称号。

人们都说父亲一专多能，学识渊博，称他是“红学家”“金学家”，这个“家”那个“家”的。然而父亲对此很不以为然，曾公开说过：“我就不是红学家。”他认为自己只是一个读书人，感兴趣的东西很多，肚子里装满了一些古今中外、三教九流、杂七杂八的东西而已，称不上什么“家”。若说“家”，只能算是个“杂家”。其实正是因为那一肚子“杂”七“杂”八的东西，说明父亲基础瓷实，底子深厚，做起学问、写出文章才能广征博引，站住脚跟，不像“墙头芦苇”头重脚轻，风一吹便倒。

文如其谈，谈如其人，父亲古道热肠，直爽坦诚，疾恶如仇，敢说敢写，敢爱敢恨，心口一致。他常常将自己整理好的废纸送给隔壁捡废品的老大娘并和她拉家常；也常给送蜂窝煤的工人敬上一根香烟，递上一杯热茶；他曾给我的小学同学洗手，细心地用香皂搓，用刷子刷，终于把长满厚皴的小黑手洗出了本色儿；他也把节省下来的粮票支援同事、熟人，甚至我们的同学，要知道小小的粮票在三年困难时期的分量是多么的重啊。他不畏权贵，顶撞过某位极有权势之人，硬是不将自己的藏书让给那人以凑成完整的一套。他不攀附高层，在“文革”时期敢于拒绝进入“梁效”写作班子标解古文。“文革”中，学部批判党委书记关山复同志，父亲和关山复从未谋面，但是信任他，敢于公开说："我就是不唱《大劈棺》（大批关）!"后来有人将这件事告诉了关山复同志，他和父亲成了朋友。"批邓（小平）"时，父亲不到所参加，有人找到家中令父亲前去，否则要考虑后果。父亲当下便说："吴二爷（父亲大排行老二）就是不批邓!"果真父亲的工资被停发好几个月。在脾气禀性上，父亲确是颇有些他专门研究的关汉卿那"蒸不烂，煮不熟，捶不扁，炒不爆，响当当一粒铜豌豆"的风骨。

双棔书屋与他的主人经历了风风雨雨、坎坎坷坷，父亲喜爱他的双棔书屋，离不开他的双棔书屋和书屋中的书。虽有多次搬到新居的机会，可是父亲仍守在他破旧的书屋里不以为苦，苦中取乐。他恳请尊敬的李苦禅老人题写双棔书屋榜，李老在 1983 年 6 月 11 日为父亲题写了"双棔书屋"四个大字和"八六叟苦禅"的署名，不想第二天老人便因心脏病突发，遽归道山，这苍劲之至的题字竟成了老人的绝笔。十二年后，我的父亲也撒手人寰，永远地离开了他心爱的书屋、心爱的书和他的亲人。母亲不忍父亲的藏书散失，希望父亲一生的心血能为国家、为社会、为学术研究继续发挥作用，将父亲的藏书捐献给了首都图书馆。我想，这是父亲藏书的最好归宿吧。

双棔书屋的主人不在了，两棵高大挺拔的棔树依然庇护着小小的院落，那葱郁的合欢叶依然朝舒暮合，春发秋落，那满树的马缨花依然散发着阵阵清香，使半条胡同的人都感到清爽、舒适。

2002 年 3 月

吴晓铃生平简历

1914 年 3 月 9 日出生于河北省迁安县，原籍辽宁省绥中县。

1925 年，随父母迁居北平；

1995 年 2 月 7 日在北京病逝。

1933—1935 年，燕京大学医学预科；

1935—1937 年，北京大学中文系。

1937 年 6 月至 1937 年秋，北京大学中文系助教；

1937 年秋至 1938 年秋，北京神学院中国文学教授；

1937 年 9 月至 1938 年 11 月，燕京大学国文学系助教；

1938 年 12 月至 1942 年 6 月，西南联合大学文学院中文系助教、讲员；

1942 年 8 月至 1946 年底，印度国际大学中国学院教授；

1947 年初至 1951 年 11 月，巴黎大学北京汉学研究所，主持古籍引得编纂工作；

1949 年 9 月至 1950 年 6 月，北京大学中文系兼任副教授，并在清华大学、燕京大学、辅仁大学兼课；

1951 年 12 月至 1957 年春，中国科学院语言研究所研究员；

1957 年春至 1995 年 2 月，中国科学院/中国社会科学院文学研究所研究员；

1991 年 10 月，享受国务院颁发的政府特殊津贴。

1985—1986 年，美国加州大学伯克利分校亨利·卢斯基金会受聘讲座教授；

1988 年 9 月至 1989 年 7 月，加拿大多伦多大学东亚系客座教授。

1989 年 5 月 18 日，获法国巴黎大学荣誉哲学博士；

1990 年 4 月 7 日，获印度国际大学荣誉文学博士。

曾任多个学会理事、会长、名誉会长，如中国民间文学研究会、中国曲艺家协会、中国《水浒》学会、中国俗文学学会、《西厢记》研究会等。任中国科学院普通话审音委员会委员、中国文字改革委员会委员、中国文化书院院务委员会委员等。任北京市第六届政协委员。

吴晓铃先生未完成稿、提纲、笔记

手稿（已完成的未定稿、未完成稿、提纲、笔记等），如：

《金瓶梅词话》研究提纲（约5000字，附人物表，约11000字）

《金瓶梅》的版本

《金瓶梅》创作年代

《金瓶梅》创作动机

《金瓶梅》故事内容的来源和发展

《金瓶梅》的创作艺术特点

《金瓶梅》的色情描写

《金瓶梅》的人物

“西门庆——李开先的影子”初探：“《金瓶梅词话》研究”讲稿之一

一、李开先的妻妾和西门庆的妻妾

二、李开先家乐与西门庆家乐

三、李开先园林与西门庆园林

四、李开先之会与西门庆之会（略）

各家论作者［基本完成（有注释），约16500字］

《金瓶梅》引用杂剧考［基本完成（有注释），约 14400 字］

《金瓶梅》剧本（未完成，但与“遥共星煜兄对话《金瓶梅》戏曲”内容有出入，约 1800 字）

《金瓶梅》引散曲考（正文基本完成，无注释，缺部分生卒年，约 25800 字）

《金瓶梅》引《宝剑记》［基本完成（有注释），约 12300 字，与“《金瓶梅词话》和李开先的《宝剑记传奇》比较研究”略有出入，但多出 65 个注释］

《金瓶梅》引用戏文、传奇（正文基本完成，部分注释阙如，部分注释引文篇目待查，约 15900 字）

表 1：内容为《金瓶梅词话》里的曲，包括回次、叶次、曲调、首句、附注 5 栏（9 页）

表 2：内容为《金瓶梅词话》里的曲、诗，包括回次、叶次、曲调诗牌、首句、所引本的出处（作者、作品），成书或流传时代（明万历之前、明万历之后）、附注 7 栏（37 页）

手钞鸟居久靖《〈金瓶梅词话〉编年稿》

临清县城区图、地图①

① 编者注：原稿中无图表，此处保留吴晓铃先生未完成稿原貌。

附录二

吴晓铃先生藏抄本《金瓶梅》在版本史上的意义

王汝梅

吴晓铃藏《新刻绣像批评金瓶梅》四函四十册，二十卷一百回，是一部书品阔大的乌丝栏大字抄本，抄者为抄本刻制了四方边栏，行间夹线和书口标“金瓶梅”的木版。正文半叶九行，行二十二字。吴晓铃先生鉴定为：“从字体风格看，应属乾隆前期。”此部抄本字体风格与二十四卷抄本《聊斋志异》相近，二十四卷抄本《聊斋志异》抄写于乾隆十五年（1750）至三十年（1765）。两种抄本字体严谨工整，都是精抄本。康熙三十四年（1695）以后，张竹坡评点本《金瓶梅》与满文译本《金瓶梅》流传。《金瓶梅》明刊本崇祯本已较稀见，出现了乾隆年间的以《金瓶梅》崇祯本为底本的抄本。

在崇祯本各版本的异文处，此本多与北大藏本相同，但也有个别地方与北大藏本不同。

第十回“好个温克性儿”，吴藏抄本与其他崇祯本同，均同词话本。“克”读音 kēi，与“恳”意相近，“温恳”即温柔、亲切。张评本改作“温存性儿”。

“走来毛厮里净手”，天图本、北大本、内阁本、张评本同，词话本作“毛厕”，是。

第十三回“李瓶姐墙头密约　迎春儿隙底私窥”，同北大本。王孝慈藏本图题“李瓶姐隔墙密约　迎春儿隙底私窥”。词话本作“李瓶姐隔墙密约”，崇祯本“隔墙”作“墙头”。

第十五回第三叶 A 面：“四下围列诸门买卖”，吴藏抄本、天图本、内阁本、张评本均作“诸门”，同词话本。北大本作“诸般”（与词话本不同，据此推测，王孝慈藏本此处应作“诸门”。北大本翻刻天图本时做了改动。据此一例看，张评本以天图本为底本）。

“蹴鞠齐眉”，崇祯诸刊本、吴藏抄本、张评本同。词话本作“蹴鞠齐云”，“齐云”为圆社的球会组织，是。

“两个唱的董娇儿、韩金钏儿”，天图本、内阁本、词话本同。北大本误作“金训”。

第二十回回目“痴子弟争风毁花院”，北大本、天图本、王孝慈藏本图题“争风”作“争锋”。

第二十六回回目“诗曰”，与北大同。内阁本、首图本第二十六至三十回回首诗题词题刻印格式与北大本同，其他回则无“诗曰”“词曰”。由此可知内阁本翻刻北大本之痕迹。

第二十一回回目前有卷题“新刻绣像批评金瓶梅卷之五”，同北大本。

第三十九回“河中漂过一个大鲜桃来”，天图本、北大本作“大鳞桃”。

第四十一回回目前无卷题，漏抄卷题。

第四十三回回目“争宠爱金莲惹气”，同天图本、北大本。王孝慈藏本图题“争宠爱金莲斗气”。

第四十六回起，抄手换人，字迹与前不同。

第五十一回回目前有卷题“新刻绣像批评金瓶梅卷之十一”，同天图本、北大本。

第五十二回“敬济便叫妇人进去瞧蘑茹”，同天图本、北大本，张评本“蘑茹”改作“蘑菇”。

第五十六回回目前卷题“金瓶梅卷之十二”，可知吴藏抄本卷题不统一。第六十一回回前卷题“金瓶梅卷之十三”，抄手将卷题简缩。第七十一回回目前缺卷题。

第七十六回回目前卷题“新刻绣像批评金瓶梅卷之十五”，天图本、北大本、内阁本“批评”作“批点”。

从“温克性儿”“诸门买卖”等词语与词话本同，可知崇祯本保留有词话本基因。从卷题、回首诗曰、词曰、“浣沙溪”等，可知吴藏抄本与北大本一致，大约可判定吴藏抄本以北大藏本为底本抄写。

张竹坡评本刊印在康熙年间，张评本在清代广为流传，此时，词话本与崇祯本稀见，社会上视为珍品，才有乾隆年间吴藏抄本（属崇祯本系统）的出现。吴藏抄本在《金瓶梅》传播史上占有重要地位，且有了解清代前期馆阁体书法艺术的价值，值得加以珍视。

此部抄本删性描写文字 11970 字，将男女性交的文字删去。抄者的观念认为性交的行为不雅，这比晚明文人的性观念落后。《金瓶梅》崇祯本第二十八回眉评：“分明秽语，阅来但见其风骚，不见其秽。”视《金瓶梅》为世情书，而不是“淫书”。张竹坡有专论《第一奇书非淫书论》。《金瓶梅》的性描写，与广阔的社会生活联系，与人物性格刻画联系，与探索人性联系。从性文化史角度看，《金瓶梅》的性描写是晚明市民阶层男女人物性行为的形象报告，对性文化史、性文学史的研究具有参照意义。兰陵笑笑生不但是一位语言大师，还是一位古典性学大师。性描写文字是《金瓶梅》的有机组成部分，是作者的独特贡献。

《新刻绣像批评金瓶梅》（会校本）经国家新闻出版署〔88〕602号文件批准，由齐鲁书社于1989年6月出版，并只是“专业对口，控制发行”，吴晓铃先生给会校工作以指导与支持，慷慨提供珍藏的《金瓶梅》崇祯本抄本，同意复印后作为重要的会校本之一种。会校工作完成之后，吴藏抄本复印件保存至今，如能影印出版，是对吴晓铃先生逝世二十周年最有意义的纪念，借以缅怀吴先生对《金瓶梅》研究的重要贡献和对《金瓶梅》整理校点的指导与支持。

宏文谁能继　大器善为师

——写在吴晓铃先生百年诞辰之际

于润琦

吴晓铃先生在中国古典文学、文献学、语言学、梵文及印度文学的翻译等方面造诣深厚，对中国古典戏曲、小说的研究颇为海内外学人称道，尤其在中国古典戏曲研究方面的成就卓著。20世纪40年代开始发表作品，著有专著《中国文学史》（古代部分，合作），校订及注译剧作有《西厢记》《关汉卿戏曲集》《话本选》《大戏剧家关汉卿杰作集》，译著有古印度戏剧《小泥车》《龙喜记》等。

先生的生平

吴晓铃（1914—1995），祖籍辽宁绥中，1914年3月9日生于河北省迁安县。自幼随父亲居住北京，中学时期就读于北京汇文中学。1933年，先生进入燕京大学医学预科系学习。也正是在燕京大学期间，在小说戏曲文献、版本目录学方面，先生得到了郑振铎先生的真传。

因自幼酷爱古典小说和戏曲，先生于1935年秋季正式转入北京大学中国语言文学系学习。在北大就读期间，师从罗常培、魏建功两位先生学习音韵、训诂、校雠、考据之学，还曾经从德籍专家李华德博士学过两年梵文，为其毕生的治学研究打下了坚实的基础。

1937 年 6 月，北京大学毕业后，先生留在母校中文系担任助教工作。1938 年 12 月，应罗常培先生之邀，赴西南联大文学院中国语言文学系工作，直到 1942 年 6 月。1942 年 8 月，先生应邀前往印度孟加拉邦寂乡，在印度著名诗人拉宾德罗纳特·泰戈尔创办的印度国际大学中国学院教授中国语言和文学，同时进修梵文和研究印度古典戏剧。夫人石素真同行，在泰戈尔学院主修孟加拉语，并从事中世纪到当代孟加拉文学的研究。

先生的夫人石素真（1918—2009），笔名石真。1936 年毕业于北平大学女子文理学院国文系，曾任昆明西南联合大学附中教师、北京大学东语系讲师、外交部印度科科员、中国社科院外文所东方组副研究员。石素真以精通孟加拉文闻名学界，是最早翻译泰戈尔原著的中国学者。

1946 年底，晓铃夫妇归国。1947 年，先生供职于巴黎大学北京汉学研究所，同时在北大、清华、辅仁等高校任教。先生于 1951 年进入中国科学院语言研究所工作，1957 年转入文学研究所，从事中国古典文学研究。

1982 年 2 月至 6 月，先生应美国中美文化交流协会邀请，前往美国做学术访问。从夏威夷群岛至波士顿、纽约，先生考察了十六所大学，众多图书馆的中文古籍藏书处均留下了先生的身影。1985 年 10 月至 1986 年 10 月，先生受聘为美国加州大学伯克利分校东亚语言系亨利·卢斯基金的讲座教授，从事关于《金瓶梅》的研究。1988 年 12 月至 1989 年 12 月，先生任加拿大多伦多大学东亚系客座教授，分别为本科生和研究生开设“中国古典小说”“《金瓶梅》研究”两门课程。1989 年，先生荣获法国巴黎大学荣誉哲学博士称号。1990 年，又荣获印度国际大学荣誉文学博士称号。1995 年 2 月 7 日，吴晓铃先生病逝，享年八十一岁。

学术成就

1. 戏曲考证文章

20 世纪 30 年代之后，晓铃先生撰写了《〈青楼集〉撰人姓名考辨》、《杜仁杰生卒考辨》（杜仁杰为元代散曲家）、《关汉卿里居考辨》、《钟嗣成生卒新考》（钟嗣成为元代文学家）、《说“俳优非侏儒”》等四十余篇高质量的戏曲考证文章，先后发表在当时俗文学研究的重要论坛——“港字号”“沪字号”“平字号”的《俗文学副刊》上，在学术界产生了重要影响。

其中《〈青楼集〉撰人姓名考辨》（《星岛日报·俗文学副刊》1941 年第 29 期）一文，最早考证出《青楼集》撰者真实姓名为夏庭芝。陈寅恪先生读后致信《星岛日报·俗文学副刊》主编戴望舒，赞叹曰：“论据精确，钦服至极！”

2.《古本戏曲丛刊》

中华人民共和国成立以后，晓铃先生致力于戏曲文献的校勘整理。由于 1935 年上海开明书店排印本的《六十种曲》缺漏较多，而先生所藏多种汲古阁《绣刻演剧》（即《六十种曲》）初印本及其他明刊本，因此 1954 年北京文学古籍刊行社延请先生对开明书店版《六十种曲》作校订，使之更为完善。

先生参与、主编的《古本戏曲丛刊》更是蜚声海内外，已成为中国戏曲研究者的必备之书。

20 世纪 50 年代初，郑振铎先生领衔编纂《古本戏曲丛刊》。晓铃先生深得郑先生器重，出任编委。晓铃先生便全力予以协助，无偿提供家藏善本。1958 年 10 月，郑先生因公殉职。从 1961 年起，由晓铃先生主持《古本戏曲丛刊》五集的编纂工作。他不负重望，率领同道，使《古本戏曲丛刊》五集最终于 1985 年得以顺利出版。先生是唯一自始至终参加编纂《古本戏曲丛刊》一至五集的学者。《古本戏曲丛刊》凝结了几代人的心血，可谓功在当代、泽被后世。

3. 校注《西厢记》

1954 年，晓铃先生精心校注的《西厢记》由人民文学出版社出版。

先生根据出版时代最早的北京岳氏本，流传较广且具有代表性的凌初成本、金圣叹本，比较稀见的郑国轩本、朱璐本等十二种《西厢记》版本，与《雍熙乐府》共同校勘优劣，“搞出一个比较接近于旧本（不是原本）而又适合于一般阅读欣赏的本子”（吴晓铃校注《〈西厢记〉前言》），并且详加注释、通达词意，对于口语尤其重视。该书出版之后，获得专家的好评，多次再版。

4. 实地考察戏剧遗迹

1977 年，先生自费前往山西踏查金元以降戏剧古迹，“上中条，探禹门，窥五台，浮于汾浍，北涉桑干、滹沱，过云中而归”。从雁北到晋南，诸多古迹与中国传统戏曲息息相关——雁门关是《南北和》故事的发生地，宁武关是《别母乱箭》故事的发生地，普救寺是《西厢记》故事的发生地，洪洞县是戏曲《苏三起解》的发生地。先生每到一处，都做详细考察，积累了很多第一手资料。山西农村戏台很多，仅洪洞县便有二十多处，他率人一一丈量面积，绘制成图，得出“明代戏台形制较小，只能演文戏，不能演武戏，后来才逐渐扩展”等许多令人信服的结论。年逾六旬的先生不辞辛劳在山西考察，前后历时五个半月。

2014 年 4 月，我（本文作者）随首都师范大学北京话研究课题组赴山西考察，在晋南的普救寺有幸见到先生为张君瑞书房题写的柱联“一灯孤影摇书幌，念载（即廿载）雪窗寄前程”，旁题“绥中吴氏”。笔力遒劲，寓意深邃。

5. 中外戏剧研究、翻译

晓铃先生还潜心研究世界戏剧多年，撰写过《谈〈沙恭达罗〉的导演处理》(《沙恭达罗》为古印度七幕诗剧)、《中国武剧·印度卡塔卡利舞剧·有所思》、《试就〈高加索灰阑记〉探索三题》等多篇功力独到的文章。

先生精通梵文，曾从梵文翻译了印度古典戏剧《小泥车》和《龙喜记》，为中外戏剧学术交流做出了重要的贡献。

6. 研究《金瓶梅》等古典小说

先生研究的另一个重点领域是古典小说，对《水浒传》《红楼梦》《三侠五义》《古今小说》《型世言》等都撰有研究文章，考证精审，卓有新意。

晓铃先生撰写的关于《金瓶梅》的系列论文，特别是《〈金瓶梅词话〉和李开先的家事与交游》《〈金瓶梅词话〉和李开先的〈宝剑记传奇〉比较研究》两篇文章，较早提出这部奇书的作者为李开先，引起同行的重视。他从版本、作品的文学语言及情节与李开先的传奇《宝剑记》做比较研究。在文献及考古资料匮乏的情况下，从作品本身寻找内证，确是另辟蹊径。我曾见过先生的有关《金瓶梅》考证的手稿，其上注释的文字比论文本身文字多出好几倍，着实令人钦佩。

先生的藏书

晓铃先生不仅是著名的学者，同时也是一位聚书极富的藏书家。

晓铃先生的父亲吴辉山的藏书处名“绿云山馆”，故先生也自称“绿云山馆小主人”，并且沿用这一书斋名。在绥中吴氏藏书中还能常见到“绿云山馆”的藏书印与“绿云山馆藏书书签”。之后随着先生在家中庭院亲植的两棵楷树（俗称“合欢树”）日益茂盛，遂以“双楷书屋”命名自己的书斋了。

1. 关于“访书”

早在20世纪30年代中期就读北京大学时，先生就开始了古代典籍的收藏。他曾遍访海王村书肆和宣武门内外小市上的旧书摊儿，寻访心仪之书而乐此不疲。为了求得一部好书，可以四处告贷，再把八元钱一个月的包饭停止，而去切面铺食用七分钱一餐就可以饱肚的烩饼，或是到红楼旁边的小面摊儿食用四分钱一碗、豆芽菜白饶的白坯儿面条（仅有酱油、醋而无其他调味品）。在他的《危城访书得失记》一文中记载了自己当年访书的艰辛：

> 那时候，我还有几个闲钱，并且也认识了琉璃厂和隆福寺的几家书店的掌柜的、跑“宅门”的“先生”和给主顾们倒茶点烟的小徒弟。他们买到一部认为或者可以留下的书籍，便连忙骑上脚踏车挟着个蓝布包给送上门来。有的时候我也会踱到他们的书店里去喝茶谈天，问问有什么新收的货没有。高兴了，便跑进他们装残书的屋子里，蹲在地上，翻检那一捆一捆满戴灰尘的破书，好像在海边拾贝壳的小孩儿，又像那在金沙江畔沥沙的汉子，希望能够从那垃圾堆里得到些意外的“收获”和“便宜”。
>
> ……跑东四牌楼、西四牌楼、宣武门内的小市、土地祠里的冷摊去问“有没有《六十种曲》的零种?”……去发掘文友堂、文奎堂、来薰阁、松筠阁和其他几个大书店的残书堆中的宝藏，任凭那群徒弟们以惊诧的眼光投视在这怪异的年轻顾客的身上。

先生访书、藏书与他的兴趣爱好、治学方向密切相关，所以“双楷书屋”中以古典戏曲、小说和曲艺（包括宝卷、子弟书和鼓词）类书籍最为丰富，极具版本价值。

2. 古典戏曲类藏书

“双楷书屋”汇集了元明清三代及至民国时期的重要曲集与重要作家的戏曲作品，品种之多、内容之富，国内大私藏书家鲜有媲美者。举凡杂剧、南戏、传奇、宫廷大戏、承应戏、皮黄、影戏、曲选、剧目、曲话、曲韵、宫谱、乐谱，以及散曲、诸宫调和俗曲等典籍，先生靡不热心搜罗。

《西厢记》是先生的重点收藏，先生多年来先后搜集了明清以降不同时期的四十种版本，仅金圣叹（明末清初文学家、文学批评家）评点的第六才子书《西厢记》就收有十二种版本之多。治曲者莫不知吴吴山（吴仪一，清初学者）曾评注过《牡丹亭》，而先生所藏《吴吴山三妇评笺注释圣叹第六才子书西厢记》却罕为人知。至于明刊徐笔峒批点本、清抄朱璐评本《西厢记》，更是难得一见的珍本。

先生藏的汲古阁《绣刻演剧》初印本最为人称道，国内公私收藏者也没有一套完整之书，而先生一人就珍藏有三十一部初印本（去掉复本，共计《鸣凤记》等二十七种）。先生也为拥有此书而得意。

3. 古典小说类藏书

就版本而言，先生所收藏的小说类古籍，堪称“双楷书屋”的精华。如明万历四十年（1612）周氏大业堂刊本《通俗演义西东晋志传》、崇祯二年（1629）己巳刊本《禅真后史》与刻本《金瓶梅》及清贯华堂本《水浒传》、清乾隆二十九年（1764）刻本《绿野仙踪》与二十九年刊大字本《痴婆子传》、乾隆五十年（1785）董显宗抄本《斩鬼传》、程乙本《红楼梦》等，无论是刻本抑或抄本，都令藏家垂涎。最为学界瞩目的当属舒序抄本《红楼梦》，它是《红楼梦》印本出现之前流传最早的手抄本之一，堪称海内孤本。

4. 曲艺类藏书

曲艺类藏书是先生藏书的又一大特色，包含了子弟书、宝卷、鼓词、竹枝词等书籍。

据傅惜华（北京戏曲研究家、俗文学研究专家和藏书家）《子弟书总目》著录，国内公私家收藏子弟书有四百四十六种，而先生就收藏一百多种，可与中国艺术研究院图书馆（傅惜华旧藏）、台北“中央研究院”傅斯年图书馆的子弟书藏书鼎足而立。而先生所藏多数是百本张的抄本，有早期作者罗松窗的代表作《红拂私奔》，以及裕文斋梓行的韩小窗《得钞傲妻》、别野堂抄本《陈齐相骂》、三盛堂梓行的《崇祯爷分宫》等，都是不经见的珍本，至于《三皇会》《干鲜果菜名》则更不见著录。

5. “吴氏双璧”

在“双梧书屋”藏书中，有两部珍本曾被郑因百（郑骞，中国古典诗词曲研究家）先生誉为吴氏藏书的“双璧”。

一部是《增广归元镜》，无名氏撰，八十四出，清乾隆抄本。先生在《危城访书得失记》记述了1937年于北平意外获此书的经历：

> 一天晚间，一个小书店的“书友”给我送来两部《归元镜》传奇，当时我很不高兴，觉得他把这样普通的货色拿了来简直是污辱我买书的身份。他婉辞谢绝了我叫他带回去的话而请我将那两个本子比较一下。我捺着性子翻了一遍，立刻就发觉了那部抄本的确了不起……较原本恰好增出一倍来，多出来的部分文辞比原本秀隽，内容也扩张了，展开了，更人情化了……我快乐得把妈妈拉来讲给她这桩奇迹。

先生后来还撰写了《〈异方便净土传灯归元镜三祖实录〉及其异

本》一文，详尽地论述了这部之前未见著录的异本。此本后来收入了《古本戏曲丛刊》。

另一部便是大名鼎鼎的舒序抄本《红楼梦》。该本因卷首有舒元炜作于清乾隆五十四年己酉（1789）的序文，故又称“己酉本”。它虽是一个仅存一至四十回的残抄本，但在现存的几个抄本中，它是唯一一个有确切过录年代的抄本。这部珍本又是怎样来到“双棔书屋”的呢？吴晓铃先生在《危城访书得失记》中写道：

> 它是乾隆五十四年的抄本。前年（约在1938年）元旦之夕我逛罢厂甸的书摊就便道去那个熟识的书店闲坐，那时他们的小主人正忙着招呼徒弟们搬运新以八十元买到的二百多种书，我得到他的特许去翻阅这还没有入目定价的新货，于是那部抄本的《红楼梦》便归我所有了。……《红楼梦》已经有了脂砚斋评本[这本子最早，大约是乾隆三十年（1765）曹雪芹未死之前的东西]，还有有正书局影印的戚蓼生评本，这个本子的文字和脂砚斋本有很多相异之处，时代也晚得多。我们要想考察《红楼梦》里文字演变的痕迹，单靠着这两个本子或是再加上程甲本程乙本还是不够的，因为时代差得太远，中间没有一个过渡的媒介。现在，这个乾隆五十四年（1789）的抄本被发现了，它的文辞有的和脂砚斋本相同，有的又和戚蓼生评本相同，刚好做那两个本子中间的桥梁。有了它，许多纠缠不清的问题都可以迎刃而解。研究《红楼梦》内容演变的“红学”专家们似乎应该重新再做起了。

6. 藏书题跋

先生藏书是为治学研究，并非清玩鉴赏，这从他藏书中留下的大量批校题跋可见一斑。他每得善本佳刻或罕见抄本时都写有题记，仅戏曲部分就有六十多篇。这些题记大多书写在书籍函套或扉页上，或是考订作者、校勘文字，或是列举版本、辨别异同，抑或是探究本事、评骘艺术，皆有独到之处，有些不啻为一篇小型的学术文章。当然，不少题跋也娓娓道来得书经过，从中可以窥知他获得每一本珍本秘籍所付出的艰辛和心血，着实令人起敬。可以说，这些藏书题跋是先生学术观点和成果的最直接体现。

《西谛书跋》是先生为振铎先师整理的藏书题跋。该书共辑录郑振铎先生经眼、过手及庋藏之书的题跋六百四十则，分七卷，前四卷依四部分类编排，另析诗余及散曲为卷五，小说及讲唱文学为卷六，杂剧及传奇为卷七。

先生在《西谛书跋》的整理过程中，寄托了对振铎先师的真挚深切之情：

> 承命以来，兢兢惟惕，盖深惧庸驽，无能阐述师业，有负期望之殷。然而，先师毕生精力所寄，踵成其绩，庶垂不朽于百一，慰英灵乎九阂，后死之责无旁贷，故不揣梼昧，黾勉赴之。（吴晓铃《西谛书跋》序）

7．捐赠首图

1995年先生过世后，夫人石素真女士秉承先生的意愿，希望这批藏书能够得到妥善保存。经过多方努力，先生毕生所藏之书于2001年正式入藏首都图书馆。这批赠书共计古籍两千两百七十二部，六千三百六十二册（件）。其中，明刊本七十三种；清乾隆以前刊本七十多种，多为善本珍椠；清中后期的刻印本一千余部；其余大部分为明清及民国时期的抄本，不乏珍稀罕觏之本。另有梵文和孟加拉文图书五百六十四册，应是先生夫人石素真教授的最爱。

先生藏书在数量上虽不及近代某些大藏书家，但系统严整，特色鲜明，对于中国戏曲、小说研究具有极高的学术价值，不少专家学者在谈及绥中吴氏藏书时，都认为晓铃先生是继吴梅、马廉、郑振铎之后，最具特色的戏曲小说的最大私人收藏家，所藏之书堪称绝响。我曾在“双棔书屋”亲见《金瓶梅》的抄本、《红楼梦》的舒序本，真真大饱眼福。

交 友

南出宣武门不远，路西第二个路口便是达智桥胡同。走进达智桥胡同不远，往南的头一条胡同便是校场头条。顺着头条胡同走上一半路，就会见到两株高大挺拔的合欢树蹿出，路西一个小院的一袭灰墙，绿叶丛中露出团团粉红色、绒乎乎的小花，每逢初夏，就会散发出阵阵淡淡的花香，让半条胡同都清爽起来。

这座绿云映掩的小院就是晓铃先生的故居，宣武区校场口 47 号（旧门牌号为 27 号）。小院的房子年代久远，并不很宽敞。门礅儿是一对憨态可掬的小狮子。黑漆院门上有一对朱红篆书联“宏文世无匹，大器善为师”，出自商务印书馆老馆长孙壮先生之手。院内北屋门外则悬挂着书法家何绍基的木框对联“绕庭数竹饶新笋，解带量松长旧围”，与院中郁郁葱葱的凤尾竹、柏树相映成趣。书屋内悬挂着胡絜青、魏隐儒、于是之等文化名人为先生创作的书画；匾额“双棔书屋”四个苍劲蕴藉的大字，则是大画师李苦禅的遗作。先生当年就在“双棔书屋”会见中外友人。

晓铃先生热情正直，无论是对于学术同仁还是对于年轻一辈的学者，都十分关爱。庄一拂著《古典戏曲存目汇考》，就曾得到吴晓铃先生的帮助。该书最后经先生细心审稿，并补充了罕见戏曲三十多则，多为庄氏未见抄本。众多来访的年轻学者，无论学术观点是否相同，先生一律热心照应，为他们排难解疑、提供资料。20 世纪 50 年代，先生在中科院语言所带领单耀海等年轻学者整理关汉卿杂剧，手把手教他们如何精细校刊，使年轻学者深受教诣、终生难忘。

1. 国内的文化界友人

特别值得一提的是，先生由于热爱戏曲、曲艺艺术，与很多著名的表演家都是莫逆之交。他们彼此尊重、相互切磋，在文艺之路上共同奋进。马连良、老舍、侯宝林、王晓棠等文化界名人，都是“双棔书屋”的常客。

先生曾任《马连良演出剧本选集》的策划和总编纂；编辑《郝寿臣脸谱集》，帮助郝先生记录整理《捉放曹的人物创造》；为侯宝林等撰写的《相声溯源》一书审稿。先生热情豪爽、乐于助人的品格，赢得了梨园行的尊敬。

2. 与国外汉学家的交流

晓铃先生学贯中西，与美国哈佛大学客座教授韩南、俄罗斯科学院东方学研究所专家艾德林、法国汉学家于儒伯、印度学者师觉月、日本汉学家波多野太郎等许多国际汉学家都交往密切、友谊深厚。可以想见，有很多日子先生在优雅安适的“双棔书屋”中招待外国友人，或讲古典小说、戏曲中的疑难问题，或交流最新的研究成果。宾主相得，其乐融融。

《回忆吴晓铃先生》一书，是由林培瑞、魏爱莲等十二位欧美学者参与撰写的，由加拿大多伦多大学荣誉教授米琳娜、哈佛大学客座教授韩南共同编辑的纪念文集。该书于 1998 年由 Dharmagala 出版社出版。文集中的文章不长，却充满了情意，充满了对于先生丰富藏书、广博学识的追忆。

先生在古代小说、戏曲、宝卷方面收藏丰富，外国学者们到“双楷书屋”能见到一些海内孤本。校场头条那幽静的四合院，优雅热忱的主人，浓郁的人情味儿，传统艺术、民间习俗的文化韵味……这是“双楷书屋”的独特魅力，令不少外国学者难以释怀。

3. 与晓铃先生二三事

我 1978 年入高校学习中文之后，得以在“双楷书屋”拜会久仰的“绿云山馆小主人”。十五年间，登堂入室。在先生晚年多有打扰，受益良多。这里仅谈三件与书相关之事。

第一件关于《居京琐记》一书的出版。“文革”结束，文坛复苏。先生也从信阳“干校”返京，心情自然舒朗。时值《北京晚报》辟《北京风情》专栏，诚邀京城名宿赐稿。先生缘此为报纸写稿，自题《居京琐记》。前后发表六十余篇散文，文章颇受读者欢迎。

一次谈及将《居京琐记》文章结集。原本与某家出版社谈妥出版一套北京民俗文化丛书：包括《北京的九坛八庙》《北京的风俗》《北京的门楼》《居京琐记》等。但责任编辑为一己私利突然毁约。我处境尴尬，无法向各位著者朋友交待。后经版权律师调解，除赔偿极少退稿费外，只出《居京琐记》一书。稿费一千元，方给三百本样书。我为出《居京琐记》备受屈辱，才了结了这段公案。

第二件关于书之事。大学毕业后，我总想做一番事情，却并不尽如人意。当时我在现代文学馆分管旧期刊库，先生教诲不要鄙薄管理工作。他举孙楷第先生在日本东京大学图书馆工作多年后，就出版了《日本东京所见中国小说书目》为例。我记住了先生的话，留心于清末民初的各种文学刊物，将清末民初时期的小说作品（翻译的或创作的）逐一做成卡片。几年下来，积累一万多种（篇）卡片，后集成《清末民初小说目录》（作家阿英的小说目录仅收四百余种）。在此目录基础上，1997 年由中国文联出版公司出版了《清末民初小说书系》，共十二册，分十类，包括社会卷、言情卷、侦探卷、家庭卷。

此书收录其时的四百篇创作小说。全书共有三百八十万字，承蒙先生做名誉顾问，侯忠义业师赐序。先生对此书给予肯定，认为是件功德之事。此书确实为许多学者提供了难得的文化史料。毋庸置疑，自己的学术成果与先生的谆谆教诲是密不可分的。

与之相关联的一件事，是我在民国初年（1915）发行的《繁华杂志》上发现了古典小说《金屋梦》，仅刊载五回。初看小说的内容，似与古典名著《金瓶梅》有关。询问先生之后，方才明了。原来，《金屋梦》是《金瓶梅》的续书，是山东诸城的丁耀亢著述。此书最初在清康熙年间出版，名《续金瓶梅》（六十四回），旋遭禁毁。丁耀亢为此书下狱。清末文网松弛，此书以《隔帘花影》（四十八回，本衙藏板）之名再度行世，未久又被禁止。直至民初，才以《金屋梦》之名问世。

我向先生恳言，有意标点注释《金屋梦》。先生欣然答应。这是对我的最大激励。于是我请北大吴竞存老师相助，从校图书馆借出《金屋梦》全本，三个月后将《金屋梦》的标点注释稿交给先生，共有千余张注释卡片。大约半月之后，先生电话告知去取修正稿。看到先生的改定文字，我油然而生一种感佩之情。此书后于 1988 年由广东文化出版社出版。每每看到此书，心里都是热乎乎的。这些由先生亲笔改定的卡片资料至今珍存。此后我又跻身国内的《金瓶梅》研究学会，结识了不少国内外的金学家。后于 1992 年 9 月随同先生到山东枣庄参加第二届国际《金瓶梅》学术讨论会，有幸见到《张竹坡评点金瓶梅》。

第三件还是关于书事。作为 20 世纪 80 年代的大学生，虽是人生命运的宠幸儿，而新时期大学毕业生的经济困窘先生自然知晓。当时，一些国外及台湾的学人，则是吴家的常客。我曾在先生家见到台湾客人魏子云、王秋桂，及陈庆浩（法国）、韩素音（英国）、韩南

(美国)、米琳娜(加拿大)等诸多学者。那是 90 年代初的一天,先生让我看一部明代小说《型世言》,由台湾的出版社影印出版。此书原本藏韩国的奎章阁图书馆。先生亲切地对我说,拿去挣俩儿钱花吧。于是,我把此书拿去复印点校。影印本的《型世言》每回前有跋语,均为手书,有些草字很难辨认;又是经先生指点,才得拨云见日,我才完成了序跋文字的精准校点。此书后于 1993 年由作家出版社出版,承蒙先生赐序。

综上三事,可见自己与先生多年交往之一斑,自己的学术经历、学术成长与先生的殊恩厚德分不开。

先生是我国著名的古代戏曲研究家、印度文学专家、藏书家、版本目录学家、翻译家。这样一个蜚声海内外的大学者,却如此地平易近人,无私地提携后学。今年是他的百年诞辰,我们纪念他,就要感念他的无私教诲,感念他的为人师表。

太史公在《史记·孔子世家》有言:"《诗》有之:高山仰止,景行行止。"恩师情永在,思绪万丈长。

我所认识的吴晓铃先生

么书仪

1981年，我从中国社会科学院研究生院毕业进入文研所古代室，研究方向是元杂剧。

进所之后，我很快就知道了吴晓铃先生是研究戏曲的老一辈的专家，在元杂剧研究方面，吴先生的代表作是《西厢记校注本》和《关汉卿戏曲集》。

早在20世纪50年代，他和中山大学王季思先生一南一北就都有《西厢记校注本》出版。文研所的同事们说：吴晓铃先生的《西厢记校注本》校注方法比较传统。

1958年，为了配合纪念“世界和平理事会”议决公布关汉卿为“世界文化名人”的活动，由吴晓铃先生牵头和语言研究所的刘坚先生、李国炎先生、单耀海先生合作，编校了“全部结集”的《关汉卿戏曲集》。“此书共用元刊本、明抄本、臧本等九种版本……曲文断句根据宫谱定格，宾白根据元代语法规律及语言习惯断句。因吴先生兼通戏曲曲律和语言学，刘坚等人都是语言学研究学者，因此其断句很准确。此外，他们尽量保持底本原貌，不妄改，尽量出校，只将别体字、破体字、不规范的简体字改正。”（见吕薇芬《川水虽逝却留痕

——纪念吴晓铃先生》)，这个按照传统的校勘原则校勘的《关汉卿戏曲集》，至今也是无可替代——因为你拥有了《关汉卿戏曲集》，就等于拥有了关汉卿作品的所有重要版本。

如果你翻看一下《关汉卿戏曲集》郑振铎写的“代序”和吴晓铃先生写的“编后校记”，就可以想见当年这些参加者付出了怎样的劳动。

文研所因为都是个体劳动，每个人的研究方向和研究内容都不相同，所以从不坐班，中年以下的研究人员星期二到所开会，室主任通知所里和室里的有关事宜、借书还书、会计室报销、医务室拿药都在这天办，上了年纪的研究员就不上班了，所以，我进所之后，像俞平伯先生、余冠英先生、吴世昌先生、吴晓铃先生……都很少见到。

听说，“文革”之前文研所就是这样，他们的工资会有人送到家里或者保姆到所领取，只有开全所大会的时候，这些老先生们才会前来参加。

这些老先生们都是有名的学问家，他们的趣闻也不少，传说“文革”之中在“干校”的时候，钱锺书、吴世昌、吴晓铃三个人负责烧锅炉，经常为了锅炉里面的水是否烧开了争论不休。

1982 年，我参加了《古本戏曲丛刊第五集》的编辑和考订工作，吴晓铃作为文学研究所所长郑振铎首创的、何其芳接续领导的“古本戏曲丛刊编委会”曾经的八名正式成员中唯一的存在，主持了《古本戏曲丛刊第五集》的编辑工作，为编辑考订把关，从事具体工作的就是吕薇芬和我两个人。

记忆中我曾经跟着吕薇芬一起去吴晓铃先生家请教一些在编辑过程中出现的问题，进入校场口头条吴先生的家时，看到院子里灰砖墁地的小院中长着两棵绒花树，一座两层小楼，门上有匾，匾上写着“双棔书屋”。

第一次见识文学所大学者的家——满是老式家具、不见豪华、窗明几净的屋子里都是书。吕薇芬把问题问完之后，我就问了一点关于《西厢记》的批评本的问题，因为吴先生是研究《西厢记》的前辈专家，也因为我当时正在关注明人批评《西厢记》。

吴先生对于《西厢记》显然还有没有熄灭的热情，见我问到《西厢记》，就很高兴地上楼，取出他的几页从前的手稿给我看。那是他对于《西厢记》研究的一些设想，其中有“关于王德信《西厢记》杂剧的几个问题”（细目是：故事的祖祢、董西厢的有关问题、王西厢杂剧的有关问题、说《崔氏春秋》、西厢故事探源等），那应该是当初设想的一本书的提纲框架。

在我抄写吴先生的《西厢记》研究提纲的时候，吴先生和吕薇芬继续谈论着《古本戏曲丛刊第五集》的一些问题。记得吴先生还曾经兴奋地从楼上提下了一个大皮箱，打开一看，一排排印页整齐地码在一起，吴先生说：“这是《古本戏曲丛刊初集》的初刻初刷本，在版本学上很珍贵，初、二、三、四、五集的初刻初刷本都在楼上。”我们俩面面相觑，不可思议地感觉到一个版本学家对于版本深深的迷恋。在查阅版本、编辑考订《古本戏曲丛刊第五集》的两年中，特别是撰写第五集的目录——确定书名、卷数、作者所属朝代、作者姓名、刊刻时代、版本及册数的时候，我们能够迅速地学习和掌握运用有关文献、版本、考订等知识，做完了《古本戏曲丛刊第五集》的编辑和目录，应该感谢吴先生的辅导和把关。

1995 年，吴先生去世，听说他的藏书最后归了首都图书馆，也算是“书得其所”吧。

吴晓铃先生去世以后，《古本戏曲丛刊第六集》在文学所一直没有提上日程，不是没有人惦记着，除了缺钱和不再有当年“访书查书”的方便，也没有愿意干这种苦活的人，在版本方面没有能够替代吴先生担当得起“把关”职责的人，应该也是重要的原因之一。

2003 年，文学研究所为建所五十周年进行纪念，吕薇芬的文章《川水虽逝却留痕——纪念吴晓铃先生》发表在《文学遗产》2003 年第 2 期上，为的是纪念吴晓铃先生。看了吕薇芬的文章之后，我才感觉到对于吴晓铃先生这个真正的“大学问家”实在是知之甚少。

2006 年，《吴晓铃集》五卷由河北教育出版社出版。我从网上买了《吴晓铃集》五卷，浏览之下马上感觉到：这 392 篇文章读起来还真是需要有点知识储备。

就像吕薇芬说的那样：“他研究戏曲的成果，以考据为主，可分为两类：戏剧作家生平考、古剧杂考。前者如《杜仁杰生卒新考》、《胡祇遹生卒新考》、《关汉卿里居考》、《钟嗣成生卒新考》、《〈青楼集〉撰人姓名考辨》、《云南曲家考略》（之一、之二）等；后者如《说“俳优非侏儒”》、《说丁仙现》、《说黄公》、《说三十六髻》、《说旦》（上、下）、《〈今乐考证〉与〈今乐府选〉撰集年代考》等。”“文章虽不长，却常有一得之见，对人颇有启迪”。（见《川水虽逝却留痕——纪念吴晓铃先生》）

按理说，考据是文学研究的基础，也是研究者的基本功，诸多的作家、作品、名词、概念问题的考据，其实都是在为真正的“文学史”“戏曲史”烧砖烧瓦，要是解决了某一个文学研究上的悬案或异说，其意义并不小于所谓的“宏观研究”“重大课题”。

现在很少有人愿意写考据文章了——经济效益太差。为了解决一个“悬案”或者辨明一个“异说”，你得看很多书，深入前人的考证、地方志、旧文献……最后写出的考据文章却常常只有千八百字，在文研所年终上报填表的时候，你就惨了，人家随便赏析几句、发挥几句、宏观几句就比你字数多，评职称没人看你的文章解决了什么问题。是“考据”，还是“赏析”？记忆中曾经有传说：学术委员中只有樊骏会看重“这篇文章解决了什么什么问题”……

吴先生处在生产“大家”的年头，可以按照自己的所爱所专发挥特长，不必为了“评职称”和“项目费”而攒书攒文，最终修成藏书家、考据家和版本学家，让后人景仰……何其幸也！

吴先生在《我的第一位梵文老师——李华德博士》中说：

> 我在1935年从燕京大学的医学预科转读到北京大学中国语言文学系三年级。那时，突然发现在西语系教德文的德籍犹太教授李华德博士开了一门古印度“梵文”课。据了解内情的同学说：中国语言文学系的罗常培教授为了培养专攻汉魏唐宋古声韵和梵汉比较语言学的后进者，哲学系的佛教哲学和历史权威汤用彤主任为了哺育专治印度哲学和宗教的接班人，联合开设了这门课程。很多同学选了，我也由于好奇骛新的心理支配选了。不料才过一个星期，班上的四十多个同学纷纷退课，只剩下哲学系四年级的韩镜清、王森两位学长和我坚持下去，还有一位在中央研究院历史语言研究所工作的丁声树学长旁听。等到第二学年，我竟成为孤家寡人，班上只余师徒二众。说也奇怪，那时北京大学的课程有一个学生选修便照开不误！
>
> 李华德博士精谙古汉语，但是不会讲普通话。于是，一位德国教授用英语讲，教一个中国学生，课本是美国人帕利编的《梵文初阶》，参考书是日本人荻原云来写的《解说梵语学》。今天听来，简直成了“天方夜谭”。这样，我学了两年，每年都是“双百”，直到1937年毕业。

也就是说，老北大毕业的吴晓铃先生会三门外语（英语、日语、梵语），这样的“装备”和他的聪明好学、博闻强记铸就了他日后丰富多彩的经历。我根据《吴晓铃集》整理了一下吴先生的简历：

1931—1933 年，在北京汇文中学上高中时，第二外国语修习的是日语。

1933—1935 年，进入燕京大学读了两年医学预科。

1935—1937 年，在北京大学中国语言文学系读书时，从师德籍犹太人李华德博士修习梵文。

1937 年 6 月，毕业于北京大学中国语言文学系，留校为助教，三个月后，日本人进占北大红楼。

1938 年 9 月，受邀于北平燕京大学郭绍虞先生，到国文系做助教，三个月后，受邀于西南联大罗常培先生，到中国语言文学系任助教。

1938 年底至 1942 年 6 月，一直在昆明西南联大文学院中国语言文学系任教。

1942 年 8 月，到印度国际大学任教。

1946 年底，回北平。

1947 年起，在法国巴黎大学北京汉学研究所任教。

1948 年，受邀于朱自清先生，到清华大学中国语言文学系任教。

1949 年 10 月后，在北京大学中国语言文学系任教。

1950 年，因事愤而拂袖离职。后任职于中国科学院语言研究所。

1957 年，转入文学研究所，任研究员。

80 年代，受聘于加拿大多伦多大学。

1985 年 10 月至 1986 年 9 月，受聘于美国加州大学伯克利分校。

……

无论是就任印度泰戈尔创办的“国际大学中国学院教授”“法国巴黎大学北京汉学所通检组主任”“加拿大多伦多大学客座教授”“美国加州大学伯克利分校东亚语言学系客座教授”，还是北京大学教授、清华大学教授、辅仁大学教授、中国戏剧学院教授、中国科学院哲学社会科学部（现在的中国社会科学院）语言研究所研究员、文学研究所研究员……他都可以胜任得游刃有余，诚如张中行在《吴晓铃集》“总序”所言：吴先生“所能太多，而且造诣都远远超过一般。……俗文学的研究和聚书，都成为超级大户。……俗文学，包括戏曲、小说、曲艺等，他都不是浅尝，而是深入旧文献，或考证，或发微，著为专论……”。

张中行所言其实不假，吴先生的戏曲研究，特别是版本研究确实造诣不凡，在做《古本戏曲丛刊第五集》的时候，每当我和吕薇芬在作家、作品、年代，特别是版本上遇到拿不准的问题的时候，吕薇芬就会说：“记下来，把问题攒在一块儿，去问吴先生。”而每一次也都是吴先生一锤定音。

吴先生之外，文学所这样的“戏曲版本专家”还真没有，大家都知道，修成这样的“专家”可不是一天两天的事儿，也不是可以冒充的，那是真本事。所以，文学所有人可以很幼稚地敢说“某某研究舍我其谁”“我是某某研究第一人”“我是开拓者”“某某研究没人做过”……可就是没人敢说自己是“版本专家”。

《吴晓铃集》第二卷《读曲日记》中说：

中央研究院历史语言研究所在龙泉镇。1939 年暑间我在村中租了一间房子住，天天到他们的图书馆里去翻阅所藏的戏曲小说类的书籍。因为有时城里有事必须回去，所以在乡中断续地只住了四次，共二十天。在这短短的时期中，我每天早晨六点钟随着晨鸡的报晓、农夫的叱牛便起床，整日价在观音堂弥陀殿里的书架下在翻，在检，在诠次，在著录。

晚间，差不多七点钟就跟着下山的太阳钻进那所湫隘污秽的小屋里，蹲在地上，面对着一只摇晃欲灭的残烛，整理白天所获得的材料，一方面又要与蚊蚤相斗争。这样，我记下了二百四十种罕见的书籍，分做杂剧、传奇、清内府承应戏、散曲、曲谱、曲话六类，写成一篇《国立中央研究院历史语言研究所善本戏曲目录》刊在《图书季刊》新三卷第三期中（可惜因为邮递不便，现在我还没有见到排印本）。

今年初冬，我又到龙泉来住，可是史语所早已迁去，藏书也都捆载入川；听说舟行江中为风浪所覆，善本书籍颇有损失，不知那些我所酷爱的戏曲书籍的命运如何，心中十分系念……

抗日战争时期的1939年，吴先生25岁，正在昆明西南联大文学院中国语言文学系任职，典守为避日机轰炸而隐蔽的善本图书，住在宝应山上的北京大学文科研究所里，趁着暑期有时间，趁着中央研究院历史语言研究所的善本书撤往西南暂住昆明东南郊龙泉镇的响应寺，吴先生住到龙泉镇，在艰难困苦中做戏曲版本的著录和研究，写成了《国立中央研究院历史语言研究所善本戏曲目录》。

翻看收入《吴晓铃集》第二卷的《国立中央研究院历史语言研究所善本戏曲目录》，其中“传奇之属”中著录的《归元镜》《后一捧雪》，都出现在1982年发给我和吕薇芬的“吴晓铃拟”的《〈古本戏曲丛刊〉第五集目录初稿》中，是为第108种和第109种……也就是说，吴晓铃先生1939年开始做的功课，43年之后方才有用！也可以反过来说，如果没有多年的功课积累，也就没有资本（资格）拟出这个目录。

吴先生在《我研究戏曲的方法》（见《吴晓铃集》第五卷）中说到，自己是遵循胡适之先生首倡的“历史的眼光”和“科学的方法”来研究戏曲的，而这二者落实到戏曲研究上，他觉得必须这样做：

> 最初，你要十分仔细地诵读那部戏曲，连序跋、注释都不遗漏；于是，你发现里面有有破绽的或不合理的地方了，那就是问题，把它提了出来，搜求证据先破坏原有的不合理的说法，然后再求证正确的结论……
>
> 你必须多读书，懂得版本、校勘、目录、声韵、训诂之学，熟知历史、掌故，然后才能够见到问题有办法想。
>
> ……
>
> 研究戏曲的基本工作有三种，第一种是编目录……第二种是写提要……第三种是辑曲论……这三种烧砖瓦的工作全部完成，我们就拥有最完备的戏曲目录、戏曲内容说明和戏曲批评的材料了，任何人来利用它，都可以建筑成一幢巍峨的屋宇，写出一部像样的中国戏曲史……在写批评的时候便不会犯时下一般文学史家净说些不着边际的空话之毛病了。

如果我们出以公心地看看目前的“戏曲史”“文学史”……就可以知道：吴晓铃先生此言甚是！不过，想要达到吴先生的标准也不容易，需要真正的学术带头人和几代人的坚持不懈和一丝不苟……这就太难了，虽然吴先生说是：“只要诸位对于戏曲有兴趣研究，并且辛勤一点儿，一定觉得很容易的。”

吴先生以为“版本目录学是研究国学的最根本最基础的学问”。以《吴晓铃集》中显示的对《归元镜》和《后一捧雪》的著录、研究、收藏和考据为例，可以看到吴先生自己“对于戏曲有兴趣研究”和“辛勤一点儿”是怎么回事。

记录1937年6月北大毕业之后留校在中国语言文学系任职助教，在北平生活的《危城访书得失记》（见《吴晓铃集》第二卷）中详细描述了吴先生收藏八十四出乾嘉抄本《增广归元镜》的惊艳经历：

> 一天晚间，一个小书店的“书友”给我送来两部《归元镜》传奇，当时我很不高兴，觉得他把这样普通的货色拿了来简直是污辱我买书的身份。他婉辞谢绝了我叫他带回去的话而请我将那两个本子比较一下。我捺着性子翻了一遍，立刻就发觉了那部抄本的确了不起……
>
> 我快乐得把妈妈拉来讲给她这桩奇迹。我费了一个星期的工夫写了一篇长的考证详论这书，说这书完成于康熙年间（么注：见下文，应该是乾嘉时代），作者也是僧人，可惜的是我们已经查不出来这位大德的法名了。

吴先生说的那篇考证文《〈异方便净土传灯归元镜三祖实录〉及其异本》（见《吴晓铃集》第五卷）中说：

> 此书封面题“增广归元镜”。精抄，白纸，阔大。四卷，卷一册，全书计二百十一叶（么注：线装书一叶是平装书的二页）；卷首五十五叶，卷二五十七叶，卷三四十九叶，卷四五十叶。半叶十行，每行曲白皆二十五字，无图，无序。不著撰者姓名，但是依照字体墨色及行款的样式，可以推知是乾隆时代的抄本……

智达所撰者《归元镜》外，又有清代乾嘉时无名氏所撰的异本，叫作《增广归元镜》。

……

原来，这个四卷八十四出的《增广归元镜》抄本比一般的释智达写的四十二分（出）《归元镜》在篇幅上多出一倍，竟是一个不见著录的稀见“异本”。

在这篇文章里，吴先生不仅考出《归元镜》作者释智达“是明代人，明亡入清……《归元镜》的纂就当在清代顺治七年之前”，推翻了谭正璧和青木正儿的说法，而且，证实了《增广归元镜》是一个出现在乾嘉时代的异本，作者大约也是僧人。

这个抄本《增广归元镜》，后来就收入了《古本戏曲丛刊第五集》第十函，是为第68种，上下册。书牌子写着“据绥中吴氏藏清乾隆抄本影印，原书叶心高二〇三毫米、宽一五二毫米”。这本书应该是吴先生1937年的所得。

1939年发表在《图书季刊》第三卷第三期的《国立中央研究院历史语言研究所善本剧曲目录》中有三十四出伶工旧抄本《归元镜》的著录（见《吴晓铃集》第二卷）：

《归元镜》传奇二卷三十四出。

明智达撰。

旧抄本。半叶九行，行二十六字至三十字不等。卷一册，上卷一至十九出，下卷二十至三十四出。

按：此曲原名《异方净土传灯归元镜三祖实录》，计四十二出，盖本《华严》四十二章经之意；伶工抄本多有删节，故仅存三十四出。智达乃明释，诸家均属之清代，余尝有文辨之甚悉。

也就是说，吴先生起码见过三种《归元镜》：一是《〈古本戏曲丛刊〉第五集目录初稿》中的第108种，释智达撰写的四十二出《归元镜》，乾隆四十九年重刊本，上图藏本；二是《国立中央研究院历史语言研究所善本剧曲目录》中著录的，三十四出伶工旧抄本《归元镜》，中央研究院藏本；三是1937年在北平意外所得的无名氏撰八十四出清代乾隆抄本《增广归元镜》，绥中吴氏藏本……吴先生在版本方面的爱好和勤奋是持续不断的。

1939年吴先生所写《国立中央研究院历史语言研究所善本剧曲目录》中的“传奇之属”中著录有：

> 《后一捧雪》传奇二卷二十八出。
>
> 清胡士瞻撰。
>
> 雍正十三年抄本。半叶八行，行三十字，一册。
>
> 按：此曲卷末注云：“岁次乙卯秋七月下浣澄江叟花甲初转怡庵录，圆明园东墅。”旁镌“赵时私印”，或即录者姓氏也。抄本序跋具全，所据似是胡氏原稿。其书有天枢阁刊本传世，北平图书馆入善本乙库。

1984年《〈古本戏曲丛刊第五集〉未收之目录》的第33种著录是：

> 《后一捧雪》传奇二卷。胡云壑。康熙间天枢阁刊本。北图、上图。

这两个《后一捧雪》一个抄本、一个刊本，作者和年代都不一样，《古本戏曲丛刊第六集》如果收入的话，也还有需要做的功课。

那么，吴先生是怎样修成了版本学家的呢？

2012 年，程毅中先生有文章《我印象中的吴晓铃先生》发表在《中国社会科学报》的“名家印象”专栏中，其中说到吴先生在大学的师从经历：

> 吴晓铃（1914—1995），原籍辽宁绥中，自幼随父亲居住北京。早年就读于燕京大学，得郑振铎先生小说戏曲文献、版本目录学方面之真传，后转入北京大学师从胡适之、罗常培、魏建功诸先生，在音韵、训诂、校雠、考据之学等方面打下坚实基础，成为我国著名的古典戏曲和小说研究专家。

吴先生自己在《从厂甸买书说到北平的旧书业》中则说到他是怎样向厂甸旧书肆卖旧书的学习版本知识的（见《吴晓铃集》第二卷）：

> 最好是一面翻检书籍，一面和书肆主人倾谈，不必忌讳——当然更不必摆架子了。更无须限制题目，天南海北，苍蝇宇宙，东拉西扯，无所不谈。那么，有意无意，间接直接，你一定会听到不少新闻，获得很多益处。至于多见好书，增长见识，是更不必说的了。对于书籍的内容虽然他们不一定完全明了，可是关于版本的真伪新陈、校勘的精致粗劣却知之最详，这是我们读书人所不及的。记得有一天晚间和一个旧书肆的掌柜的谈了起来，谈到北大的教授钱宾四（穆）先生，他说钱先生怎样从小学教员一直变做驰名全国的专门学者，又忽然拿起笔来写了一张钱先生的住址很诚恳地劝我去访问，他愿意做介绍人。那天当我和这位掌

柜的告辞的时候已是十一点多钟了，市场里的摊贩都早已上板，出口只剩北门一处还半开着一扇，我心中满怀忻悦“踏月归去”。……

胡适之先生曾对北大的同学这样讲过：“这儿距离隆福寺街很近，你们应当常常去跑跑，那里书店的老掌柜的并不见得比大学生懂得少呢！”此言虽似幽默，却大有道理。

吴先生最先有名师指点，其次是以“能者为师”；一是从学校中学，二是从社会中学，增长见识，并不拘于职位和门第。根本问题还是吴先生自己说的“对于戏曲有兴趣研究，并且辛勤一点儿”。

张中行说得对：“广交游，多助人，是吴先生性格的一种表现。性格的基础是天资，转为说他的天资，是多才与艺兼外向……三教九流，各行各业，高高下下，亲则相知，疏则谈得来……”

吴先生成为版本学家的经历其实不那么容易复制。

吴晓铃昆明读书记

刘宜庆

著名古典文学研究家、藏书家吴晓铃从进入北大开始就养成了去厂甸逛旧书肆的习惯，他和古籍书店的掌柜、摆设浮摊的书贩混得很熟。他非常喜欢一边翻看古籍，一边和书肆主人交谈。“对于书籍的内容虽然他们不一定完全明了，可是关于版本的真伪新陈、校勘的精致错劣却知之最详，这是我们读书人所不及的。”

在战前的北平，北大的教授和学生都爱逛书摊，按照自己的学术方向收集古籍。胡适曾对北大的学生说：“这儿距离隆福寺街很近，你们应当常常去跑跑，那里书店的老掌柜的并不见得比大学生懂得少呢!”吴晓铃受到影响，经常买古代戏曲方面的书籍。他爱听书摊主人的闲谈，里面透露出不少北大学者的读书趣味和方向的信息：“又有一次在厂甸，那书摊的经理人告诉我，周岂明先生是如何喜爱明清的小品文籍，又怎样在《论语》上用了向来不曾用过的笔名写缢女图赞；郑西谛收集杂剧传奇，郭绍虞性嗜诗话，马衡、容庚、唐兰诸先生则是研究金石文字的专家；还有谁有什么著作，谁嗜酒，谁怕太太，谁走起路来是一晃一晃……”（《从厂甸买书说到北平的旧书业》）那时的书商经常送书上门，用蓝布包一大包袱，送到学者家中，看好了就留下，到年底才一起结账。吴晓铃这段话中说到的“谁怕太太”，大概指的是胡适，胡适爱买古籍，但书商到年底讨账时，他的太太江冬秀自然不会给书商好脸色看。

1937 年，吴晓铃毕业于北京大学中文系，留校任教。七七事变爆发后，他在北平西郊的燕京大学国文系做助教。1938 年 11 月，吴晓铃接到老师罗常培从昆明邮寄的一张明信片，上面写着：“旧店重张，速来！”

赴昆明前夕，吴晓铃向顾随（顾羡季）辞行。顾对吴晓铃说：“孙楷第先生和我都由于健康的关系不能作万里天南之行，看来罗常培先生把你叫了去，兴许是让你开戏曲和小说的课程！”吴晓铃和同班同学杨佩铭一起结伴，从天津走海路经上海和香港，再从越南的海防乘滇越铁路的窄轨火车经河内和老街、云南的河口、碧色寨和狗街子等地，于 1938 年 12 月达昆明。

罗常培对吴晓铃帮助很大，经他提携，吴晓铃为西南联大大三、大四中文系学生开设教育部定的“杂剧和传奇”必修课（实际就是中国戏曲史）。吴晓铃能开起此门课程得益于他在战前经常购买、收藏、研读中国戏曲方面的书籍。

吴晓铃在《危城访书得失记》一文中写道，从 1937 年 6 月到 1940 年 6 月，“如果我还有一点儿弄学问的希望的话，如果在这三年中我所多多少少读了一些书还算作‘做学问’的话，那，我愿意把留住在北平的一年半叫作我的治学的‘光明时期’，而避地滇南的一年半叫作我的治学的‘黑暗时代’”。“光明时期”有大量的戏曲方面的藏书可读，而“黑暗时期”没有书可读。考虑到身在沦陷的北平，过着被日寇奴役的日子，“光明”就变成了“黑暗”；而在昆明，西南联大的学者齐聚一堂，师生弦歌不辍，“黑暗”就变成了“光明”。对于吴晓铃那一代学者而言，一生有大半生身在“光明”与“黑暗”

的交织之中。吴晓铃在北平有大量的私人藏书可读，这是他多年的积累。

吴晓铃到昆明后无书可读的痛苦自然是西南联大学者共同的感受：“您晓得，我喜欢弄戏曲小说，但这儿只能见到世界书局排印的《元曲选》和开明书店重印的《六十种曲》；号称海内第一曲库的北平图书馆的藏书现在对于我只是一个不敢回忆的甜蜜的梦，我后悔那时候为什么不充分地仔细地翻阅那上百种的富春堂的、世德堂的、继志斋的刻本传奇和孟称舜、邹式金等人辑印的杂剧。”

为了解决无书可读的难题，吴晓铃让家人寄来一册《绥中吴氏绿云山馆藏曲目录》，这是一个书店的主人替吴晓铃抄写的。但这本目录上抄录的《六十种曲》的初印本十一种，引起了吴晓铃的回忆，那是他心中的隐痛。1938 年 11 月，吴晓铃为了筹集去昆明的盘缠，将《六十种曲》的初印本十九种卖掉了。“我好像导演了一出悲剧，生生地把它们和另外的十一种拆散了。”吴晓铃为何如此痛苦？是因为初印本《六十种曲》中的三十种弥足珍贵。“马隅卿先生有十四种，郑振铎先生有十七种，傅惜华先生有十九种，北平图书馆有十五种左右，开明书店图书馆仅有一种，把全国藏书家所藏的初印本放在一起不只是不足六十种，并且也出不了我这三十种的范围。”

就在吴晓铃卖书的时候，他又得到半部《汇纂元谱南曲九宫正始》，爱书人，真是积习难改。他仍旧在百忙而且万难的状况下在它的封面印了一方“吴郎之书”的图章，然后锁在箱子里了。从天津到山东半岛的海船上，吴晓铃还为这半部书“生不逢辰”惋惜呢。

在西南联大，吴晓铃为了深入地研究中国古代戏曲，1939 年暑假期间花了 20 天时间集中阅读中央研究院历史语言研究所馆藏戏曲小说类书籍。史语所为了避免日寇飞机轰炸，疏散到龙泉镇，吴晓铃就在村中租了间房子住。我们可以根据他的记录，了解一代学人苦读的情形："在这短短的时期中，我每天早晨六点钟随着晨鸡的报晓、农夫的叱牛便起床，整日价在观音堂弥陀殿里的书架下在翻，在检，在诠次，在著录。晚间，差不多七点钟就跟着下山的太阳钻进那所湫隘污秽的小屋里，蹲在地上，面对着一只摇晃欲灭的残烛整理白天所获得的材料，一方面又要与蚊蚤相斗争。这样，我记下了二百四十种罕见的书籍，分做杂剧、传奇、清内府承应戏、散曲、曲谱、曲话六类，写成一篇《国立中央研究院历史语言研究所善本戏曲目录》刊在《图书季刊》新三卷第三期中。"

吴晓铃在史语所每天都写下日记记录所读之书。这里抄录 1939 年 9 月 9 日的日记：

> 夜中，闻村农秣马声，以为天明矣。起，开窗望，则仍昏黑如墨，乃复觅枕卧。久久不能入睡乡，听檐脚雨声淅沥，益复增人冥思，心绪如乱麻！又多时，鸡报晓矣！急策杖出，冒雨步泥去寺，寺中静寂无人声，视壁上钟，则方指五时。
>
> 早点后登山，在观音堂与苑峰兄谈古剧与昆弋之别，余谓元剧受印度那狈迦之影响，而又影响及日本之能乐，今元剧绝响久矣，欲考其舞台演出之情况则非治梵剧、和剧不为功。苑峰极然余言，并出所藏日本之伎乐代面图为余观。
>
> 在弥陀殿普通书室抄录《南京国学图书馆书目》中之曲目，录至清人散曲止，得百数十种，容再详查集部诸目，想必更有所获。
>
> ……
>
> 夜，于灯下据钱牧斋笺注本校杜诗六首，备暑后讲授之用。

遥想吴晓铃在昏暗的灯光下整理读书资料，心中细密的感触，那一代学人读书之勤奋、治学之严谨令人感佩。

1940 年初冬，吴晓铃又到龙泉镇来住，可是史语所早已人去楼空，藏书也都捆载入川。史语所在搬迁图书的过程中出了意外——舟行江中为风浪所覆，善本书籍颇有损失。“不知那些我所酷爱的戏曲书籍的命运如何，心中十分系念。这几年，身外之物的聚散存佚真是不可逆料！”

吴晓铃整理出 1939 年暑假《读曲日记》发表，“一半是纪念在这个荒远的土地上还能看到这许多的秘笈；一半是这些东西的确证实是沉了江，虽然已经捞获，但是完整无损却不可卜，幸好我都读过了，否则这批未被发现的材料岂不便要永世沦抑不为人所知了吗？”

1942 年 8 月，吴晓铃应邀到印度国际大学中国学院任教；同时，研究印度古典戏剧。这位研究古代戏曲小说的专家，还是印度文学专家。

从北平到昆明，吴晓铃买书和读书的经历，虽然是一个学者的私人记忆，但折射出丰富的历史信息。天下爱书人的心思是相通的，大的历史背景下，个人与书有关的冷暖和甘苦，引起今人的感喟。

吴晓铃：学者的脾气

陆 昕

社科院文学研究所的吴晓铃先生也是祖父（编者按，陆宗达先生）的老朋友，他们都是北大的学生，祖父比他高几个年级。他们之间有这么一段因缘：祖父毕业后留校，一边做助教一边做中文系办公室的秘书，吴先生则顶替了他的位置，于是二人移交了中文系办公室的那颗“关防”。不过吴先生的秘书位子也没坐稳几天，不久北大南迁，抗战全面爆发，这是后话了。

吴先生以研究小说戏曲而著名，这里头离不开语言，所以他也是一位造诣极高的语言学家。说到这里，我倒想起他亲自讲给我听的一件事。那是某年中国书店办书市，我去观书时，恰遇吴先生在店堂的沙发上与店员闲聊，吴先生招呼我过去，问了两句家常，又开始说起旧人旧事。讲到罗常培先生（语言学家、社科院语言所所长），他说：“有年罗常培把我们这些当年的弟子聚到一块儿，聊起来说，这些个学生中谁得了他什么什么（指继承了他哪个方面的学术。罗常培是语言学大师，有多方面学术造诣）。张三得了他这个，李四得了他那个，王五马六又得了他什么，最后拿手一指我，‘吴晓铃得了我这个脾气！’”原来罗先生和吴先生都是很有脾气的学者。

吴先生为人率直，锋芒毕露，绝不修饰遮掩，学界人所共知，文风亦是如此。如他在《燕都》杂志上作文介绍他所收藏的手抄本《石涛见闻录》一书，文中的最后一段写道："我的聚书，除了本门业务以外，遇到一些有用、有趣的小品也兼容并蓄，但是不讲版本，箧中所藏既不佞宋，也不尊元。都是些考藏家所不屑一顾者。然而敝帚自珍，时或想到辑为一部小丛书尽收之以公诸嗜痂者流。可是，我未请得准许出版执照，擅自印行则有干禁令；交付出版单位，又怕叫我"赞助"或交给我若干部自行叫卖，万般无奈，只好写写这样不痛不痒的短文，捞几文副食补助，其可也。"

说起吴先生的脾气，有一次还与我有关，那是80年代中，有位×××出版社的编辑，因编书时遇到此戏曲小说方面的问题，想请教吴先生。我和吴先生较熟，就带他去了。吴先生开始还很客气，待对方一报家门，吴先生马上脸色一沉，说："对不起，×××出版社的人我概不接待。"对方装作没听见，继续提问题，于是吴先生放大嗓门，毫不客气地说："我说了，×××出版社的人我概不接待。您请便吧！要不然我可不客气！"接着又冲我说："陆昕，对不起啊！我这不是对你！"我赶紧站起来让那人和我走。吴夫人听见动静，也赶快从书房出来送，一边送一边说："陆昕，他就这脾气，你别……"我倒没什么，后生晚辈，没什么可抱怨的。和我同去的那位编辑倒是有些名望地位的，后来还做了很大的官。他脸上挂不住了，一头走一头说，我倒安慰了他半天。

有一回，某同学家要开什么发布会，宣称掌握了新证据，有了新发现。吴晓铃对此人很看不上，认为他做学问不踏实，又一味狂妄自大，决定去教训教训他，因为吴晓铃手里有证据，是外人没见过的古代文献，具有不可动摇的说服力。他去的前两天和祖父在外边吃饭，吃完饭在我家门道里与祖父说起此事，说"过两天我去的时候要'内穿铠甲，外罩锦袍'（《甘露寺》里面的一段戏词）"，吴晓铃照京剧念白说完这八个字，还走了两步，做了个身段，哈哈大笑起来。

祖父说，吴晓铃的父亲去世时，吴先生发来讣告，祖父本要去，可那天喝醉了，忘了。我曾祖去世时，祖父也给吴先生发了讣告，吴先生也没来。“这样扯平了。”祖父笑道。

吴先生脾气有些大，然而在学问上却很谦和。记得“文革”结束不久，大概是原北京教师进修学院在一个礼堂里请祖父给中学语文教师讲古汉语，那日去的人有近千之多，吴先生也去了，坐在下面。祖父一句：“我已十三年没上讲台了。”先赢得一片暴风雨般的掌声。随后主持人说：“台下还有语言学家吴晓铃先生，我们请他上来坐。”又一阵热烈的掌声。只见吴先生走到台上，涨红了脸，两手抱拳，连连向台下作揖，随后坐在祖父旁边。又有一日，他来家闲谈，祖父与他谈起“腌臜”两字，并引证《红楼梦》。谁知第二天一早祖父还未起，吴先生即登门，并携来他所藏的海内孤本《红楼梦》脂批本之一，证明祖父所言不虚，使祖父大为感动。

吴先生也是将做学问视为第一的人。某日，他打电话给祖父，说：“我得向您讨教，我要查条资料……记得在《淮南子》里头，可我把《淮南子》从头到尾翻了两遍，就是没有。您知道出处吗？”后来祖父帮他查出来，他高兴极了，连声道谢。他还常常嘱咐我，一定要把祖父的学问继承下来，这可是绝学。我有位朋友，其祖父是著名历史学家，因家世关系也认识吴先生。有次吴先生问他现状，他说他在街道办事处搞三产。吴先生听后不以为然，说：“你可要归队啊！”不过我们二人都没能继承家学。我后来转向文字，他至今依然经商，都辜负了吴先生的嘱托。

有时吴先生请祖父在他得的书上写题跋。比如有次他跟我说，他曾得了黄侃的什么什么手迹，“我还请你爷爷在后边作了一段很长的跋”，他很得意地说。他也送祖父书，比如黄侃的《文心雕龙札记》，北大讲义本，郑奠旧藏，送祖父时他还在上面作了题跋。他爱读林琴南的翻译作品，如我家的旧书中夹有一张字条，是他从我父亲处借书的借条，上写“今从陆敬处借得《说部丛书》八部”，下面依次开列“1.《歇洛克奇案开场》，2.《金丝发》，3.《七星宝石》，4.《贼史》，5.《爱国二童子传》”，等等。他也看杂书。张中行的《负暄琐话》出版后，张先生送了祖父一本。我觉得好，推荐给吴先生看。几天后去取书时，吴先生说：“那天你走了，我拿着书上楼，一夜没睡，看完了，写得好。”

我最后一次见到吴先生是在一个夏天。那年非常热，吴先生上身赤膊，直冲我说对不起。当时他身体已很坏，非常消瘦，但手中依然夹着烟卷儿，烟灰缸是个长满绿锈的青铜小鼎，不知是否商鼎周彝，因他喜欢收藏文物。他坐在一个精致的红木大理石心的小凳上，说夏天坐这个凉快。他依然健谈，谈笑风生。先是问我祖父的遗著未出版的还有多少，他要为我联系出版社。然后谈起他藏着一个有黄侃和他父亲黄云鹄二人墨札的手卷，曾请我祖父作过跋。又谈起他前两年访问印度的见闻以及他早年在印度求学的经历，最后谈到侯宝林，言语间对侯先生流露出十分深厚的感情。

不过他似乎还是“爱管事儿”。我们聊天时，他女儿坐在客厅另一头看电视剧《渴望》。声音不大，也未对我们有影响，可他忽然间冲女儿颇不耐烦地说：“关了！破《渴望》，有什么可看的！”女儿很不高兴，嘟囔了几句，但还是关了电视，起身离开。他依然谈兴不减，大讲在美国讲学的经历。

未久，听到吴先生下世的消息。之前有人去看他，他病已沉重，对来人说：“这回我可要交待了！”不久，女儿回来，为他买了想吃的东西，来人一看，卤煮火烧。听至此，我心中一阵感慨，祖父临终前不久，我也去买过他想吃的东西，豆汁焦圈。